LISBELA E O PRISIONEIRO

OSMAN LINS
LISBELA E O PRISIONEIRO
Comédia em 3 atos

4ª edição

Copyright © Osman Lins, 1964
Copyright © Editora Planeta do Brasil, 2023
Todos os direitos reservados.

Preparação: Liege Marucci e Laura Vecchioli
Revisão: Fernando Wizart, Alessandra Miranda de Sá, Tamiris Sene e Carmen Costa
Projeto gráfico: Jussara Fino
Diagramação: Márcia Matos
Capa: Adaptada do projeto gráfico original de Compañía
Imagem de capa: © Antonio Poteiro, sem título, 2000, serigrafia sobre papel

Dados Internacionais de Catalogação na Publicação (CIP)
Angélica Ilacqua CRB-8/7057

Lins, Osman
  Lisbela e o prisioneiro: comédia em 3 atos / Osman Lins. – 4ª ed. – São Paulo: Planeta do Brasil, 2023.
  128 p.

  ISBN 978-85-422-2137-4

  1. Teatro brasileiro I. Título

  23-0674   CDD B869.2

Índice para catálogo sistemático:
1. Teatro brasileiro

 Ao escolher este livro, você está apoiando o manejo responsável das florestas do mundo

2023
Todos os direitos desta edição reservados à
EDITORA PLANETA DO BRASIL LTDA.
Rua Bela Cintra, 986 – 4º andar
Consolação – 01415-002 – São Paulo-SP
www.planetadelivros.com.br
faleconosco@editoraplaneta.com.br

Sumário

- **07** PERSONAGENS
- **09** PRIMEIRO ATO
- **39** SEGUNDO ATO
- **71** TERCEIRO ATO
- **113** POSFÁCIO

Personagens

(por ordem de entrada em cena)

JABORANDI – Soldado e corneteiro.
TESTA-SECA – Preso.
CITONHO – Velho carcereiro.
PARAÍBA – Preso.
TEN. GUEDES – Delegado.
LELÉU – Aramista e prisioneiro.
JUVENAL – Soldado.
HELIODORO – Cabo de Destacamento.
LISBELA – Filha do Tenente Guedes.
DR. NOÊMIO – Advogado, noivo de Lisbela.
TÃOZINHO – Vendedor ambulante de pássaros.
FREDERICO – Assassino profissional.
LAPIAU – Artista de circo, amigo de Leléu.
Dois soldados, personagens mudos.

PRIMEIRO ATO

Cadeia pública, em Vitória de Santo Antão, PE. O cenário deve ser disposto de modo que a ação possa desenrolar-se dentro e fora da cela. Também há cenas na calçada da cadeia.

JABORANDI	Aí, o rapazinho fez tãe, tãe, tãe... Cada murro! Os bandidos chega viravam.
TESTA-SECA	Isso é mentira.
JABORANDI	Mentira o quê? É verdade.
TESTA-SECA	É mentira.
CITONHO	Eu, por mim, só acreditava se visse.
JABORANDI	E eu não vi?
CITONHO	Você viu no cinematógrafo.
PARAÍBA	E como foi que terminou?
JABORANDI	Hein? Ah, sim! Quando estava nisso, o artista pegou um revólver no chão e meteu o dedo. Mas cadê bala? Aí, um bandido apanhou um garfo, rapaz, desse tamanho!, e partiu pro rapazinho. Ele foi recuando, recuando e *tãe*, pulou pela janela do décimo andar.
CITONHO	Vai ver que nem morreu nem nada.
JABORANDI	Agora, só na próxima semana.
CITONHO	Mas isso é que é ser uma besteira. Esperar uma semana pra ver se esse camarada morreu ou não morreu. Não morre nunca!
JABORANDI	Morre nada. Morrer o quê?

TESTA-SECA — Então, é mentira. Cair duma altura esquisita e não morrer!

JABORANDI — Você não sabe o que é isso, não. Aquele pulo é um episódio. Entende? Episódio. Na última hora, acontece uma coisa. Aí é que está o ruim: a gente passar uma semana sofrendo, bolando que coisa foi essa.

TESTA-SECA — É preciso ser muito besta. Passar uma semana inteira quebrando a cabeça com isso.

PARAÍBA — Testa-Seca! Respeita o praça.

JABORANDI — Pois é. Respeita a autoridade.

TESTA-SECA — Autoridade... Soldado raso é lá autoridade? Ele e nada, pra mim, não têm diferença. Vou dizer mais uma. Com essas histórias aqui, a vida toda, já me encheu tanto que quando eu cumprir minha sentença vou assistir uma série todinha, só para torcer pela quadrilha.

JABORANDI — Pois você perde o tempo, porque na última série, queira ou não queira, os bandidos vão em cana.

TESTA-SECA — Na última série, eu não vou. Pronto.

JABORANDI — Isso é que é um gosto. Pois eu lhe garanto uma coisa: se você visse, terminava torcendo pelo artista. O homem é parada. Uma coragem de bicho.

CITONHO — Não sei por que você se entusiasma tanto. Essas coisas, essas valentias, essas espertezas, esses saltos, nunca acontecem na vida.

JABORANDI — Ora não acontecem... (*Intencional.*) Você bem sabe que sim...

CITONHO — (*Meio confidencial.*) Que é isso, Jaborandi? Olha a indiscrição.

JABORANDI — Ah! Olhe aí. Eu não disse?

TESTA-SECA	Que mistério é esse? Que é que vocês dois estão falando?
CITONHO	Não é nada. É um negócio aqui entre nós.
TESTA-SECA	Paraíba, veja o que estou lhe dizendo. Aqui tem coisa. De vez em quando, é um segredinho, um cochichado...
PARAÍBA	Você só vive vendo coisa em tudo.
CITONHO	E a parte do meio, Jaborandi, como foi?
JABORANDI	Que parte do meio?
CITONHO	O meio da série.
JABORANDI	Lá vem você. Você gosta de gozar com a desgraça alheia.
CITONHO	(*Gozando.*) Estou só perguntando, rapaz.
JABORANDI	Você não sabe que no meio da série eu tive de sair, pra tocar silêncio aqui nesta cebola? Eu ainda dou baixa da polícia e vou vender mané--gostoso na feira, só pra estar livre na hora da série. Onde já se viu tocar silêncio em cadeia? Isso aqui é quartel? Maldita a hora que eu aprendi a soprar numa corneta.
TEN. GUEDES	(*Entrando.*) Senhores do conselho de sentença!
CITONHO	Como vai, Tenente?
TEN. GUEDES	Vou muito bem. E você, Jaborandi, que é que tem sua corneta?
JABORANDI	Estava dizendo que já está na hora de dar um polimentozinho nela. (*Vai polir a corneta.*)
TEN. GUEDES	Ah, sim! Eu tinha entendido outra coisa. (*Aos presos.*) Olhem aqui, seus desgraçados, vejam o que estou lhes dizendo: a autoridade é um fardo. Eu já tratei vocês mal?
PARAÍBA	Qual! Isso aqui é mesmo um hotel.
TEN. GUEDES	Mereço ingratidão?
PARAÍBA	Nem diga isso.

TEN. GUEDES	Não mereço, não é? Mas vocês vejam o que é autoridade. Aquele miserável do Leléu, aquele preso dos seiscentos diabos, em agradecimento pelo que eu lhe fiz, levando-o pra andar no arame, na minha própria casa, no dia do noivado da minha filha, teve o descaro de saltar meu muro e desaparecer. E nunca mais houve ninguém que o agarrasse.
TESTA-SECA	E o senhor não disse que de lá mesmo ele tinha seguido pra Casa de Detenção? Não disse que era ordem do juiz?
TEN. GUEDES	Isso eu disse pra evitar confusão. Porque vocês, que só vivem fazendo mau julgamento, podiam bem pensar que ele tinha fugido com a minha conivência. Eu não sei as coisas como são?
CITONHO	Quer dizer que vocês todos mentiram? Taí. É por isso que eu digo, a gente só se encontra com mentira. Eu não disse que aqui havia coisa?
JABORANDI	Era ordem, rapaz. Era ordem.
CITONHO	Está vendo, Tenente? Eu bem que fui contra essa história de mentir pros homens. Numa idade desta, velho que já perdi a conta, ser arguido de mentiroso.
JABORANDI	Ser o quê, Citonho?
CITONHO	Chamado de mentiroso. E, ainda por cima, com um processo nas costas, já no fim da carreira. Mas Deus é justo.
TEN. GUEDES	Calma, calma no Brasil. Não me toque nesse processo, Citonho. Você não sabe que falar nisso me dá dor de cabeça? E a vocês dois aí, o que eu quero dizer é que nenhum me caia na besteira de fugir. Porque eu tenho faro e sou

opinioso. Vou até o fim do mundo, mas trago pela orelha, vivo ou morto, o peste que fugir desta cadeia.

TESTA-SECA É, mas faz mais de uma semana que o cara do circo fugiu, e nada.

TEN. GUEDES Pois aí é que você se engana. Hoje ele está aqui e não demora muito. Já recebi aviso.

JABORANDI É mesmo?

CITONHO E o processo?

TEN. GUEDES Não me chateie com isso, senhor. Eu não já disse?

PARAÍBA O Tenente é parada.

TEN. GUEDES Ah, vocês não me conhecem não! Conta pra eles, Citonho.

CITONHO Contar o quê?

TEN. GUEDES Vocês podem encontrar homem persistente igual a mim. Mas é impossível. Comecei, termino. Está aí Citonho que não me deixa mentir. Eu com quatro anos de casado, minha patroa, que Deus a tenha em sua santa guarda, não tinha filho. Então, me disseram: "Ah, Guedes Lima, isso é sífilis! O negócio é você tratar da sífilis. Toma Elixir de Nogueira". Tomei o primeiro vidro, nada; o segundo, nada; o terceiro, nada. Aí eu disse: agora eu tomo Elixir de Nogueira até minha mulher emprenhar. Remédio bom! Quando eu estava no oitenta e quatro vidro, a patroa me disse: "Lima, o negócio parece que deu certo". E deu mesmo. Vocês pensam que eu tenho o nome de Nogueira na família? Não. Mas botei o nome da menina de Lisbela de Nogueira. Lisbela de Nogueira Lima, em homenagem ao Elixir de Nogueira. Eu sou assim... É ou não é, Citonho?

CITONHO É.
TESTA-SECA Vote!
TEN. GUEDES Outra coisa que me deixa queimado é traição. O cabra me traiu, traiu outra pessoa, comigo não arranja é nada. Tem um inimigo até a hora da morte. Sou capaz de lhe apagar a vela, pra ver ele morrer no escuro.
PARAÍBA Eu também sou assim.
TESTA-SECA Isso é conversa, meu. Ninguém tem lá coragem de apagar a vela de um cristão na hora de entregar a alma ao diabo.
CITONHO Que é isso, Testa-Seca? Respeite o delegado.
TESTA-SECA E isso é falta de respeito? Bote o homem aqui, chefe, quando ele chegar. Vou passar-lhe as duas garras na goela. Quero botar a vela na mão dele. Aí, o senhor, pra mostrar que é um cabra danado, entra e apaga a vela. Quer topar?
CITONHO Tenente, vamos botar o rapaz na outra cela. Senão, é capaz desse camarada matá-lo de verdade e isso dá uma complicação doida.
TEN. GUEDES Você não compreende, Citonho? Isso é brincadeira de Testa-Seca. Os três são muito amigos. São ou não são?
PARAÍBA Eu, por mim, gosto de todo mundo. A gente só fica meio assim, porque ele foi embora tão calado. Nem se despediu...
TEN. GUEDES Pois é, vou juntar novamente os três amigos. A outra é a cela das mulheres.
CITONHO Tenente!
TEN. GUEDES Não quero parecer, Citonho. O homem vai ficar aí. É ordem. Mas não pense você que a morte é a pior coisa que existe, Testa-Seca.
CITONHO Tenente! Leléu é um rapaz tão bom!

TEN. GUEDES	É bom, mas por causa dele nós dois estamos sendo processados. Ah, juiz miserável!
CITONHO	O senhor disse por causa dele? Menas a verdade. Por causa, com licença da palavra, de V. Sª, que foi o responsável por toda a confusão.
TEN. GUEDES	Citonho, olhe essa falta de prudência. Parece que está desregulado! Além de me faltar com o respeito, querendo defender aquele cafajeste.
CITONHO	Nada disso, Tenente. Continuo dizendo que é um rapaz muito bom.
TEN. GUEDES	Bom, não sei. Mas com a folha de serviço que ele tem, um casamento no civil, outro com padre, outro no anabatista, ou na igreja brasileira, outro não sei mais em quê, fora os defloramentos, pelo menos deve ser gostoso. (*Riem, menos Testa-Seca.*)
TESTA-SECA	Oito. Oito donzelas ferradas, por esse Brasil velho de guerra. Ele não contou, mas a gente soube. Oito, e eu nunca tive uma. Mundo mal dividido.
CITONHO	Isso é assim mesmo, minha gente. Eu também estou no fim da vida, era um rapaz morigerado e nunca encontrei quem quisesse matrimoniar-se comigo.
JABORANDI	Quisesse o quê, Citonho?
CITONHO	Se casar comigo, rapaz. Ora que você não sabe nada!
TESTA-SECA	Eu só estou e ele anda por aí, fazendo essa miséria toda, e nunca teve um pai de moça que capasse ele.
TEN. GUEDES	É como lhe digo, morrer não é o que existe de pior. Você já pensou? Um sujeito assim feito capão?... (*Após um instante, os presos compreen-*

	dem, há risadas. Testa-Seca e Paraíba trocam tapas, este finge bater e canta como galo.)
JABORANDI	Tenente! O homem vem aí com Juvenal e o Cabo Heliodoro. Parece até que vem mais gordo! (*Toca alegremente a corneta.*)
TEN. GUEDES	Pare com isso! (*Jaborandi continua.*) Silêncio. (*Ele para.*)
LELÉU	(*Entrando, acompanhado do Soldado Juvenal e do Cabo Heliodoro. Está com a camisa rasgada e meio suja de terra.*) Epa, minha gente, como vão as coisas por aqui? Que é que há, Jaborandi? Citonho velho! Sempre firme, hein? (*Aos presos.*) Aí, meninos! Nunca se metam a fugir, que esse homem é de morte. Me agarrou.
TEN. GUEDES	Preso... ajoelhe-se.
LELÉU	Por quê? E aqui agora é igreja, é?
TEN. GUEDES	Ajoelhe-se, peça perdão.
LELÉU	Eu não fiz nada.
TEN. GUEDES	(*Batendo-lhe.*) Ajoelhe-se, peça perdão por ter traído a minha confiança, fugindo de minha casa, procurando me desmoralizar...
LELÉU	Não. E o senhor não pode me bater. Só porque estou preso? Eu tinha o direito de fugir. Agora o senhor não tem o direito de bater em mim, como não podia me tirar daqui e levar pra sua casa.
TEN. GUEDES	Tanto podia que levei.
LELÉU	Tanto não podia que o juiz está querendo metê-lo na cadeia. Pensa que eu não sei, é?
TEN. GUEDES	Oh, dor de cabeça dos diabos! Citonho, quando você quiser levar uma dentada, faça favor a um cachorro.
LELÉU	Quem é cachorro? Sou eu? Nem eu sou cachorro nem o senhor me faz favor. Ora favor,

	essa é boa. Saio daqui pra trabalhar de graça, e logo no noivado de sua filha, que é uma joia de moça, com aquele advogadozinho que ajudou o promotor a acertar minha tampa, e o outro me vem com essa história de favor. Favor fiz eu, e não foi ao senhor, fique sabendo.
TEN. GUEDES	Atrevido!
LELÉU	Só fui por causa das moças que pensei que havia lá. Nunca mais eu tinha visto uma mulher que prestasse. Mas apareceu a hora de escapar, fugi, saltei o muro. Eu não era homem, se deixasse passar a ocasião.
TEN. GUEDES	Só é pra você que é homem; pra enganar mulher e fugir.
LELÉU	E você?
TEN. GUEDES	Dobre a língua, cabra.
LELÉU	Você tem coragem de passear num arame, só com uma sombrinha na mão, arriscado a quebrar o pescoço?
TEN. GUEDES	Isso é negócio pra malandro.
LELÉU	Pra malandro? Precisa ter é jeito e peito pra fazer. Você tem coragem de ficar na frente de boi brabo, esperando por ele e agarrá-lo pelos chifres e derrubá-lo no chão? Tem?
TEN. GUEDES	Nem eu nem você.
LELÉU	E por que é que eu estou aqui de camisa rasgada e todo sujo de terra?
HELIODORO	É mesmo, Tenente. Quando a gente vinha ali pelo Comércio, subindo pra rua do Barateiro...
JUVENAL	Primeiro, a gente desceu da sopa, aí com o corpo do delito.
HELIODORO	Isso não interessa, praça. Defronte do Mercado, vinham uns camaradas com um boi brabo.

JUVENAL	O boi era preto e branco.
HELIODORO	Preto e branco, mas isso não vem ao caso.
TEN. GUEDES	E por que é que vocês pensam que essa história toda me interessa? Citonho! Meta esse afoito na chave.
LELÉU	(*Meio desafiador.*) Ia pra bem dez ou oito anos que eu não topava um boi, delegado. O boi largou-se e partiu pra cima dum homem, delegado.
TEN. GUEDES	Meta esse cara nas grades!
LELÉU	Um homem que eu nunca vi na vida. Ele puxou o revólver...
TEN. GUEDES	Você viu se ele tinha porte de arma, Heliodoro?
HELIODORO	Me esqueci, Tenente.
TEN. GUEDES	Você está dando pra relaxado.
HELIODORO	Numa hora daquela, eu ia lá me lembrar disso?
LELÉU	Ficou de revólver na mão, delegado, sem saber onde é que atirava, porque com certeza nunca atirou num boi. Então eu agarrei o bicho, delegado, me enrolei com ele, fui com ele no chão. E já vai pra dez anos que deixei de topar boi.
JABORANDI	Mas eu perdi essa!
HELIODORO	Foi bonito. Ficou assim de gente.
TEN. GUEDES	Citonho, cumpra minhas ordens.
CITONHO	Qual é a cela, Tenente?
TEN. GUEDES	A cela dos homens. (*Citonho vai cumprir a ordem, hesitante. Para à entrada de Lisbela.*)
LISBELA	Onde está meu pai?
TEN. GUEDES	Que é que há? Não já disse que não gosto de você por aqui?
LISBELA	Meu pai, a Vitória está parecendo uma terra sem dono. (*Vendo Leléu.*) Ah, o senhor!
LELÉU	Visitando os amigos.
LISBELA	Agora, vamos ter sossego lá em casa.

LELÉU	Queira Deus.
LISBELA	Então, lhe prenderam de novo.
LELÉU	Me prenderam, dona, mas eu acho que valeu a pena. Só poder ver a senhora outra vez!
TEN. GUEDES	Você não tem o que fazer aqui, Lisbela. Pode voltar, não fale com esse homem.
LISBELA	O que é que tem? O senhor não achou que podia levá-lo lá pra casa?
TEN. GUEDES	Aquilo foi um erro. Um erro triste.
LISBELA	Quero que ele saiba de uma coisa: eu fui contra aquela história de levá-lo.
LELÉU	Por quê?
LISBELA	Não era direito.
LELÉU	(*Com alívio.*) Ah, sim! Com isso, me contento. Mas fiquei triste quando não lhe vi naquele dia. A senhora, no circo. Tinha me batido tantas palmas!
TEN. GUEDES	Vá pra casa, Lisbela.
LISBELA	(*Sem dar-lhe atenção.*) Como é que você pode se lembrar de mim? Todo mundo bateu palmas.
LELÉU	Eu só via as da senhora, moça. Num domingo de tarde. A senhora estava na segunda fila de cadeiras, de blusa branca e uma fita verde no cabelo. Eu vi.
TEN. GUEDES	Citonho, pela última vez (*forte*), meta esse demônio na cela.
LELÉU	(*Aéreo.*) Que sela, Tenente? Eu vou andar a cavalo?
TEN. GUEDES	Eu digo cela com cê-cedilha. (*À filha.*) E você, casa. Não me apareça mais aqui. (*Ela vai saindo.*) De que era que você vinha queixar-se?
LISBELA	Esfregaram nas pedras um boi que meu padrinho me mandou. Presente de noivado.

TEN. GUEDES	Espere: o boi era seu?
JUVENAL	Um boi preto e branco?
LISBELA	Como é que vocês sabem?
JABORANDI	Coitado do bichinho.
LELÉU	Coitado por quê? Coitado que nada! Eu é que sei a força que ele tem. Quase acaba comigo.
LISBELA	Foi você, então.
LELÉU	Fui eu, moça. Mas se soubesse que era seu, juro como tinha pegado um pouquinho mais devagar.
JUVENAL	O boizão é brabo como diabo, dona Lisbela. Ia matando um homem. Um homem de calça marrom e paletó branco.
DR. NOÊMIO	(*Entrando.*) Lisbela! Isso tem jeito? Isto aqui é lugar para você?
LISBELA	Eu já ia saindo.
DR. NOÊMIO	Mas não devia ter vindo. Aliás, precisamos conversar seriamente. Será que não há jeito de você me obedecer? (*Com displicência.*) Como vai, Tenente?
TEN. GUEDES	Mais ou menos, Doutor. O que é que há com a menina?
DR. NOÊMIO	Assunto particular. Falaremos mais tarde.
LISBELA	É sobre as minhas refeições, meu pai. Ele acha que me alimento mal.
DR. NOÊMIO	Pois bem. Já que você falou, é isto. Tenciono pôr filhos sãos no mundo, Tenente. Garotos robustos, alegres, cheios de força e saúde.
PARAÍBA	(*Com voz de falsete.*) Com essa cara? (*Risadas.*)
TEN. GUEDES	(*A Testa-Seca.*) Que falta de atenção é essa?
TESTA-SECA	Fui eu não, Tenente. (*Apontando Paraíba.*) Foi ele.
PARAÍBA	Para que você não sustenta o que diz?

TESTA-SECA	Você não é besta, não? Não foi você que falou. (*Leléu os observa agudamente.*)
TEN. GUEDES	Silêncio.
DR. NOÊMIO	Lisbela, vamos. Eu não digo a você que isto não é ambiente?
TEN. GUEDES	Doutor, o senhor compreenda. Nós não somos ricos. De modo que não podemos luxar. Mas lá em casa, graças a Deus, ninguém nunca passou fome.
DR. NOÊMIO	Não se trata de quantidade, Tenente Guedes. E sim de qualidade.
CITONHO	Doutor Noêmio, desculpe a indiscrição. Andaram me falando de uma coisa, mas eu não quis de maneira nenhuma acreditar. Me disseram que o senhor é de uma raça que só come folha.
DR. NOÊMIO	Pois pode acreditar. Sou vegetariano e tenho muito orgulho disto.
CITONHO	Mas a gente vê umas neste mundo! Não está vendo que tomate e chuchu não dão sustança a ninguém?! Agora: feijão, farinha e carne, sim, isso é que é comida. Olhe aqui eu. Estou com mais de oitenta anos, só não como carne na Sexta-Feira da Paixão – e olhe lá... Resultado: uma saúde de ferro. Estou tinindo.
DR. NOÊMIO	Isso é o que o senhor pensa. Seu corpo está envenenado, meu velho, com toxinas até na ponta dos cabelos. Até na sombra.
CITONHO	Envenenado ou não, saúde aqui... como é que diz esse menino?
JABORANDI	É mato.
CITONHO	É mato. Agora se veja o senhor no espelho. Com essa cavilação de não comer carne, já está verde

	e fino que parece uma folha de alface. (*Risadas de Jaborandi e Paraíba.*)
TEN. GUEDES	Citonho, eu não estou lhe conhecendo. Você parece que está mais é começando a caducar, sabe?
CITONHO	Pois eu não estou, que na minha família ninguém caduca cedo.
TEN. GUEDES	E você acha isso cedo?
DR. NOÊMIO	Lisbela! Vamos ou não vamos?
TEN. GUEDES	Doutor, eu vou cuidar desse negócio da comida. Tenha um pouco de paciência com Lisbela. A menina é ainda muito nova, não conhece bem a vida.
CITONHO	Olhe aqui, Doutor Noêmio, eu tenho pra quase noventa anos.
TESTA-SECA	Mentira danada.
PARAÍBA	Daqui a pouco, ele completa cem.
CITONHO	Ou cem ou dezessete, pode acreditar no que eu digo: essa aí não vai mudar é nunca.
TÃOZINHO	(*Na entrada. Vem com um pau nas costas, atravessado, cheio de gaiolas com passarinhos.*) Dá licença?
CITONHO	Vá entrando, rapaz. A casa é sua.
TÃOZINHO	Agradecido, meu tio.
CITONHO	Não tem de quê. Vá arriando a carga. (*O homem dos passarinhos obedece.*)
TÃOZINHO	Quem é aqui a maior autoridade?
TEN. GUEDES	Pronto, eu. Que é que o senhor quer?
TÃOZINHO	É voincê o inspetor do quarteirão?
HELIODORO	Tenha respeito, senhor. Aí é o delegado. (*Risos dos presos.*)
TÃOZINHO	Seu delegado, eu vim fazer uma queixa muito séria.

TEN. GUEDES	Então vá falando, que eu não tenho tempo a perder. Heliodoro e Juvenal, podem ir para casa descansar. (*Os dois fazem continência e saem.*)
TÃOZINHO	Voincê conhece uma mulher chamada-se Francisquinha do Antão?
TEN. GUEDES	Não, não conheço.
TÃOZINHO	Voincês todos sejam testemunhas. Conhece um homem chamado-se Raimundinho, um que tem sítio no Cajá?
TEN. GUEDES	Também não conheço. Mas desse jeito, você não acaba nunca a história. Que foi que houve?
TÃOZINHO	Eu lhe conto. Aquilo é um lugar danado de bom pra passarinho. Pois nesse vai, nesse vem, conheci Francisquinha e Francisquinha também me conheceu.
TEN. GUEDES	Mas espere aí, o que é que essa tal de Francisquinha é desse tal de Raimundinho? São crianças?
TÃOZINHO	Crianças? Crianças daquele jeito...
TEN. GUEDES	E por que é que se chama tudo Francisquinha e Raimundinho, pra que esses diminutivos, esses "inhos"?
TÃOZINHO	É um denguinho, chefe. Eu também me chamo, sabe como é que eu me chamo? Sebastião. Nome horroroso. Mas, felizmente, tem um apelidozinho que salva tudo.
CITONHO	Qual é?
TÃOZINHO	Tãozinho. (*Alguns riem.*)
TESTA-SECA	Isso é lá nome de homem?!
TÃOZINHO	Esse daí é da família.
TESTA-SECA	Está me aleijando?
TEN. GUEDES	(*A Tãozinho.*) Sabe que você está enchendo? Que é que você pretende, afinal de contas?

DR. NOÊMIO	Diga-me uma coisa: o senhor não precisa de um advogado?
TÃOZINHO	Deus me livre. Meu negócio é aqui com o delegado.
DR. NOÊMIO	Então vamos, Lisbela.
LISBELA	Meu pai, o senhor se lembra de quando eu fiz treze anos e meu padrinho me deu um galo-de-campina?
TEN. GUEDES	Se me lembro. Toda madrugada o desgraçado só faltava estourar os meus ouvidos. Dei graças a Deus quando ele empacotou.
LISBELA	Queria que o senhor me desse outro.
TEN. GUEDES	Outro?
LISBELA	(*A Tãozinho.*) Você tem?
TÃOZINHO	Tenho. Mas, falar verdade, não é de primeira. No mês passado, sim. Vendi um desse que diz padre-filho-espírito-santo. Mas isso é muito vasqueiro. Agora curió, eu tenho bom. Tenho um que canta vovó-viviu, que eu não dou por trezentos cruzeiros.
LISBELA	Vovó-viviu?
TÃOZINHO	E repete mais de quinze vezes. Bicho de valia.
LELÉU	Você não tem nenhum que diz viviu-tetéu?
TÃOZINHO	Ah! E voincê também entende disso?
LELÉU	E eu não já vendi passarinho? Meu negócio era mais com canário de briga.
TÃOZINHO	Ah! Um dia desse... No ano passado. Vendi um peruzinho, sabe qual é, não sabe? Desse canário que, quando bate fogo, levanta o rabo mais alto do que as asas.
LELÉU	... E fica nas pontas dos dedos.
TÃOZINHO	Isso! Pois quem me comprou já ganhou pra mais de cinco contos.

DR. NOÊMIO	Lisbela, vamos.
LISBELA	Compre um curió pra mim.
DR. NOÊMIO	Não, Lisbela, eu não gosto de ver animais presos.
CITONHO	Por quê, Doutor?
DR. NOÊMIO	Porque isso é malvadez. Os animais foram feitos para viver em liberdade.
PARAÍBA	E como é que o Doutor está me vendo aqui preso e nem se importa?
DR. NOÊMIO	Você é animal?
LELÉU	E como é que ajudou a me botar na cadeia?
DR. NOÊMIO	Vocês são criminosos. Já os animais não merecem, de maneira alguma, ser mortos nem presos. Fazer isso é uma estupidez. Uma selvageria.
TÃOZINHO	Pois no meu fraco entender, o Doutor pode entender de leis, mas não entende disso.
CITONHO	Boa!
TEN. GUEDES	(*A Citonho.*) Que modos são esses?
LELÉU	Estou com você, Citonho.
DR. NOÊMIO	Lisbela, vamos. Você é minha noiva, não deve opor-se às minhas convicções. As convicções do homem devem ser, *optarum causa*, as de sua esposa ou sua noiva.
LELÉU	Não pense como ele, dona.
DR. NOÊMIO	Cale o bico!
LELÉU	Não aceito esse pensar. Compaixão de bicho, por quê? Pra que é que são os bichos? Pra gente derrubar com tiros, pegar com armadilhas, sangrar, montar neles, botar carga, sela... O homem é o dono das coisas, Doutor... Ter compaixão de bicho é vício.
CITONHO	Pra que serve uma galinha gorda? Cabidela!
LISBELA	Vai comprar o passarinho pra mim?

DR. NOÊMIO	Vou. Por quanto o senhor vende todos?
TÃOZINHO	Tudo?
LISBELA	Por que você vai comprar todos? Eu só pedi um.
DR. NOÊMIO	Vou soltá-los.
LELÉU	(*Grita.*) Não!
DR. NOÊMIO	Não, por quê? Tenente, isto aqui é uma casa de loucos?
LELÉU	Não venda, Tãozinho. Não deu trabalho de pegar os passarinhos?
TÃOZINHO	Deu.
LELÉU	E você vai vender, pra esse homem soltar o que você prendeu? É seu trabalho, foi você quem pegou os passarinhos.
DR. NOÊMIO	Quanto quer?
LELÉU	Não venda! Seja homem, não desonre o seu trabalho. Pense nisso, Tãozinho. Suas armadilhas, sua espera, sua alegria quando os passarinhos foram presos. E de repente...
TÃOZINHO	Sabe que você está certo? Não vendo não, Doutor. Pra soltar não vendo não.
CITONHO	Gostei de ver, gostei de ver.
TEN. GUEDES	Idiotas!
DR. NOÊMIO	Vocês são uns bárbaros. Vamos, Lisbela. (*Ela hesita e sai com ele.*)
TEN. GUEDES	Será que o senhor vai me dizer agora pra que é que veio?
TÃOZINHO	Confusão danada! É o seguinte: Francisquinha era a mulher de Raimundinho. Com esse negócio de passar por lá, copinho d'água... tomar uma fresquinha... sente um pouquinho... seu Tãozinho pra lá, dona Francisquinha pra cá, a gente se simpatizou.

LELÉU	Bonita, ela?
TÃOZINHO	Se é? Se é? E então? Mulher feia e urubu, comigo, é na pedrada.
LELÉU	(*Rindo.*) Ah! Ah! Você é dos meus.
TÃOZINHO	(*Entusiasmado.*) É ou não é? É ou não é? Mas a história é que, um dia, a gente estava os dois numa baixa de capim e Raimundinho pegou.
TESTA-SECA	Mas é cada sujeito de sorte neste mundo.
TÃOZINHO	Foi chato. Sabe que foi chato? Ela estava me dando cafuné.
CITONHO	Na baixa de capim, rapaz? Que história é essa? Tenha modos.
TEN. GUEDES	E que foi que ele fez?
TÃOZINHO	Quando eu vi, foi aquela cara em cima de mim. Uma cara larga! Aí, ele cruzou os braços e disse: "Mas me diga mesmo, tem jeito uma coisa dessa?". Eu digo: "Não". E tinha? Não tinha. O jeito que teve foi ela deixar o marido e ir morar comigo.
TEN. GUEDES	Muito bem. Quer dizer que o senhor enfeita o homem, leva a mulher dele e depois vem fazer queixa na delegacia. Muito boa, essa!
TÃOZINHO	Não foi disso que eu vim fazer queixa, não.
TEN. GUEDES	E de que foi, então? O senhor quer me fazer de besta?
TÃOZINHO	Deus me livre e guarde. A queixa é que ela foi pra minha casa com a roupa do couro. Vestido, chinelo, camisola, ficou tudo na casa do seu Raimundinho. Quando é ontem, eu fui lá buscar a roupa e ele, com licença da palavra, me jogou um capitão cheio. Saí de lá ensopado e com o cheiro mais horroroso do mundo.
CITONHO	Que coisa horrível! Capaz de pegar uma constipação.

TÃOZINHO	E ainda disse que, se eu voltar lá, vai ser muito pior.
TEN. GUEDES	O senhor quer que eu lhe diga? Ele ainda fez pouco. Se fosse eu, que Deus me defenda, eu dava mais era um tiro desse tamanho na sua cara.
TÃOZINHO	Mas seu delegado, veja se isso está direito. Eu tenho a mulher e ele tem a roupa. Pra que é que serve a roupa sem a mulher?
LELÉU	Mas já a mulher só serve mesmo é sem roupa. (*Risadas.*)
TEN. GUEDES	Silêncio! (*Calam-se. Fica Citonho ainda rindo.*)
CITONHO	Qui, qui, qui... Quer dizer que deu tudo certo! Qui, Qui, qui...
TEN. GUEDES	Seu Citonho! Dê-se ao respeito. O senhor, um velho!
CITONHO	E todo velho é obrigado a dar-se ao respeito? Será possível que velho não tenha o direito nem de ser sem-vergonha? Qui, qui, qui... Essa foi boa. Vou lá fora, tomar um deforete. (*Citonho sai.*)
TÃOZINHO	Esse velhinho parece que é meio assanhado.
TEN. GUEDES	Olhe aqui. Pegue sua passarinhada, bote nas costas e me desapareça daqui. Não tomo conhecimento de sua queixa. E se você aparecer de novo com essa história, meto-o no xadrez, com gaiolas e tudo.
TÃOZINHO	Quer dizer que vou ficar desamparado?
TEN. GUEDES	Jaborandi, chama Citonho pra meter esse camarada aí em cana, por desacato à autoridade.
TÃOZINHO	Espere aí, moço. Não chama, não. Que é que vai ser de mim aqui, com Francisquinha solta? Ave Maria! Do jeito que ela é... (*Faz gesto de despedida e sai.*)

TEN. GUEDES	Pare de lustrar essa corneta. Que chateação! (*Jaborandi vai guardar a corneta.*) Já que você gosta tanto de lustrar, vamos até lá em casa que eu tenho um servicinho pra fazer.
LELÉU	Tenente! Vou ficar só? Nem um praça aqui?
TEN. GUEDES	Você está seguro. Não vem bicho nenhum lhe pegar. Adeus. (*Sai com Jaborandi. Os presos ladeiam Leléu.*)
TESTA-SECA	Como foi de viagem? Desta vez, ela era gorda ou magra?
PARAÍBA	Não alisa não, Testa-Seca. O tempo é pouco.
LELÉU	Tem pouco tempo de quê? Pouco pra quê?...
PARAÍBA	Você gosta mesmo de mulher, Leléu? Muito? Nunca teve vontade de ser uma?...
TESTA-SECA	Vamos agarrar esse cabra de uma vez.
LELÉU	Que é que vocês têm contra mim?
TESTA-SECA	Você é falso. Tinha prometido aqui fugir com nós e foi embora só.
LELÉU	Foi uma oportunidade. Eu ia perder? Vocês perdiam?
TESTA-SECA	Paraíba, vamos agarrar esse peste e abrir as pernas dele. Meto-lhe o joelho na estrovenga, pra quebrar tudo. De hoje em diante, cabra, você vai ser mulher de nós dois.
LELÉU	Se vocês tocarem em mim, vão se arrepender. Tenho os dentes fortes. Na hora que eu pegar os dois dormindo, corto de um em um as veias do pescoço. Uma veia não é mais dura do que uma corda. E eu parto uma corda nos dentes, vocês já viram.
TESTA-SECA	Então, vamos quebrar os dentes dele. Meu tabefe é mais forte, Paraíba. Você segura e eu parto, de murro, os dentes desse cachorro.

(*Luta. Entra Frederico Evandro, acompanhado de Citonho.*)

CITONHO — Você não se apresenta, rapaz. Não diz quem é nem nada.

FREDERICO — Vou lhe avisar uma coisa, velhinho. Não gosto de poesias pra meu lado. Comigo é na inhanha.

CITONHO — E que é que eu tenho com isso? Não pode entrar assim na delegacia.

FREDERICO — E é delegacia isso aqui? Pensei que era um albergue. Quero falar com um rapaz que chegou hoje.

CITONHO — Mas o que é que o senhor é?

FREDERICO — O que é que eu sou? Alagoano e homem. Pronto. Mostre agora o rapaz.

CITONHO — O que é que o senhor quer falar com ele?

FREDERICO — Deixa de ser abelhudo, velho. Oxe, que enjoo esse!

LELÉU — Foi ele, ele, Citonho. Foi ele, o do boi brabo.

FREDERICO — Ah! Lá está você no meio dessa cachorrada. Vê-se logo que esses dois são gente sem expressão. Tudo com cara de quem não faz carreira. Mas que velho danado de abusado, junto de mim que nem um peitica, atrás de saber minha graça. Frederico Evandro. Ouviu falar?

CITONHO — Não.

FREDERICO — Mas ninguém me conhece por meu nome cristão. Como Vela de Libra é que sou conhecido e respeitado. E você, esse menino, qual é a sua graça?

LELÉU — Por ora, Leléu Antônio da Anunciação.

FREDERICO — É um santo nome, Leléu Antônio da Anunciação, acho que você salvou a minha vida. Porque eu morria, mas não corria. Por Nossa Senhora da Conceição, eu não corria.

CITONHO	E por que é que você tem um nome tão bonito, de Frederico Evandro, e é mais conhecido como Vela? Vela de Libra! Que nome esquisito!
FREDERICO	Em toda minha vida, você foi o velho mais perguntador, mais metediço, mais aborrecido que encontrei.
LELÉU	É porque o senhor ainda não conhece. Mas Citonho é coisa boa.
FREDERICO	Vou lhe dizer, velhinho. Meu nome é Vela de Libra por causa da minha religiosidade. Toda vez que sou forçado a sacar a moela de um cristão, vou na primeira igreja que encontrar, acendo uma vela de libra e rezo um padre-nosso pela alma dele.
CITONHO	Mas sacar a moela, por quê? Que negócio é, hum?
FREDERICO	Por encomenda. Pode haver serviço mais maneiro que matar gente? Se trabalha pouco e ganha muito.
CITONHO	Nossa Senhora! E você tem mesmo coragem de matar um filho de Deus sem motivo nenhum, rapaz?
FREDERICO	Coragem, não tenho, não. Eu tenho é costume. (*Citonho se afasta benzendo-se.*) Escute aqui, menino. Você é muito homem. Você me viu com o pau de fogo na mão?
LELÉU	Se vi!
FREDERICO	Pois foi coragem muita. Você se meteu entre a cruz e a caldeirinha. Dum lado, os chifres do boi; do outro, o meu trinta e oito. Você podia morrer das duas mortes.
LELÉU	Isso é que não, chefe. A morte é cobrador muito sério: não há documento, mas só recebe uma vez.

FREDERICO	Você me parece que é corajoso e sabido. É bom dever favor a um homem de coragem, porque quem tem coragem não gosta de viver pedindo ajuda. Mas dever favor a um sabido é o mesmo que dormir de porta aberta. O que é que você quer em pagamento?
LELÉU	Muita bondade sua.
FREDERICO	Deixe de dengo, rapaz. Manda o serviço. Pra quem é que acendo uma velinha?
PARAÍBA	(*A Leléu.*) A gente agora pode ficar de bem. Pede a ele pra agarrar o velho, tomar a chave e abrir esta pinoia. Vamos cair fora.
FREDERICO	Não peça covardia. Olhe aí, Antônio da Anunciação, eu não disse que esses dois cabras não têm estilo?
CITONHO	Boa! O senhor é decente.
FREDERICO	Não quero chaleirismo. (*A Leléu.*) Nem posso perder tempo, vamos falar claro. Você não tem inimigos?
LELÉU	Tenho.
FREDERICO	E qual é o maior? Pinte e diga o nome, estabeleça o lugar e deixe comigo.
LELÉU	Que diabo de favor é esse que o senhor quer fazer? Quer matar um homem?
FREDERICO	Cada um dá o que tem. Se eu tivesse aprendido a fazer renda, trazia uma peça de bico pra você. E depois, pra mim é até bom: faz cinco anos que a Lua não me vê, de forma que ando seco por uma ocupação.
LELÉU	Não tenho ocupação para o senhor.
CITONHO	Que história é essa de cinco anos com a Lua sem lhe ver?
FREDERICO	Deixe de ser burro, velho. Paguei uma sentença. Ora que esse velho não entende nada.

LELÉU   O senhor pode seguir o seu caminho. Não me deve favor coisa nenhuma.

FREDERICO   Diga um nome, rapaz. Pode ser o juiz. O promotor. Você me dá o nome, o jeito, e eu saco-lhe a moela. Como é? Diz ou não diz? Você tem inimigos?

LELÉU   Não. Não tenho.

FREDERICO   E como é que está metido aí? E ainda agora não me disse que sim?

LELÉU   Tenho, mas quero todos vivos. Um homem deve ter inimigos. Por que houvera de querer matá-los? Assim, eu também ia matar a morte, a doença, delegados safados, ia matar a velhice e a covardia, chefe. Deixe meus inimigos vivos. Quero meus inimigos vivos.

CITONHO   Muito bem, Leléu. Assim é que se faz. Você falou pouco e bom. Merecia até umas palminhas.

LELÉU   É ou não é, Citonho?

FREDERICO   Essa sua alegria é caduquice, velho. (*A Leléu.*) Mas eu vou tomar sua soberba em consideração. Hoje mesmo eu vou em Glória do Goitá receber dinheiro de um freguês. Dinheiro velho, que já deve ter crescido. Depois, eu tenho de ir na Boa Vista, que fica meio longe, é quase na fronteira com Bahia. Vou lá tomar direitinho umas informações, quero resolver um caso de família. Mas quando vocês menos esperarem, eu volto por aqui. Até qualquer dia.

CITONHO   Jesus Cristo e a Virgem Maria lhe acompanhem.

FREDERICO   (*Voltando.*) Leléu Antônio da Anunciação: se mal pergunto, você, um rapaz tão fagueiro, por que é que está cumprindo pena aqui?

LELÉU	É uma pena de amor.
FREDERICO	E tem dessa, é? Eu não sabia.
TESTA-SECA	Defloramento. Esse cabra tem não sei quantos nas costas.
FREDERICO	Mas o quê? Quem diria. Isso, menino, é um vício muito feio. Pois eu já tenho esfolado meia dúzia de cabras de peia, tenho acendido uma porção de vela, rezado um estendal de padre-nosso, dado muita pisa, mas bulir com moça, isso eu nunca fiz.
LELÉU	Esse mundo é assim mesmo. Cada qual tem seu gosto.
FREDERICO	Mas o seu é muito perigoso. Também me esqueci de perguntar: qual é a sua ocupação?
CITONHO	Anda no arame e é bom que é danado no serviço.
FREDERICO	Você nunca esteve num lugar chamado Boa Vista?
LELÉU	Que eu saiba, não.
FREDERICO	É lugar muito macho; nem todo mundo se agrada. Basta dizer uma coisa: lá só se vende gravata preta.
CITONHO	Oi! E por quê?
FREDERICO	Porque todo mundo sempre está de luto de algum parente que morreu na faca.
LELÉU	Então, é bom, é terra que endurece o coração. Pior é Caruaru, que amofina gente e bicho. Sei de um camarada que criou lá uma onça; a onça terminou tão avacalhada, que bebia leite num pires, feito gato.
FREDERICO	Eu já ouvi falar nesse negócio. Será verdade? Se for, não quero nem passar pela vizinhança. Mas vou chegando, que já pratiquei demais.
TESTA-SECA	Chefe! Reze um padre-nosso pra nós três.

FREDERICO   Eu só rezo pra defunto. Interessa? Liás, cabra safado não serve pra morrer, só serve pra apanhar. E apanhar entre os bicos dos peitos e o caroço do imbigo, que é pra não deixar marcas da surra. Ah!, nós três num deserto: eu, você e um cacete de quixaba! Porque quixaba é o chá melhor que existe no mundo pra pancada. Assim, pra ganhar tempo, a gente dá logo a pisa com quixaba, porque está dando o castigo e o remédio. Mas já gastei muita cera com você. Anunciação, até breve. (*Retira-se seguido de Citonho.*)

TESTA-SECA   Oxente! Que sujeito mais bruto. Chegou me dar um frio na espinha, quando ele falou nessa história de rezar.

LELÉU   E agora? Vocês não querem me quebrar os dentes? Não querem me beneficiar? Hein? Vamos. Eu agora estou é com tudo. Uma fera dessa por mim, eu só vou ter aqui do bom e do melhor. (*Ri, gozando a situação.*)

SEGUNDO ATO

Leléu, com apetrechos de limpeza, conversa na calçada da cadeia com o Cabo Heliodoro, que está armado de rifle.

HELIODORO   Você não sabe que eu não sou sargento? Por que não chama Cabo Heliodoro?
LELÉU   É porque o senhor tem toda a pinta do sargento.
HELIODORO   Conversa!
LELÉU   Esse mundo é assim. O sujeito nunca é o que nasce pra ser. O senhor é cabo, mas nasceu pra sargento.
HELIODORO   E você, Leléu? Você nasceu pra quê?
LELÉU   O senhor sabe o que eu queria ter, sargento? A força dos touros. O aprumo de um cavalo puro-sangue. Ser bom e doce para as mulherinhas, como as chuvas de caju que caem de repente, no calor mais duro de novembro. E livre, Sargento Heliodoro. Como o vento num pasto muito grande.
HELIODORO   Você às vezes tem um jeito enfeitado de falar. Essa é a minha desgraça, não sei dizer uma coisa desse jeito.
LELÉU   Livre... Você não queira saber como invejei Paraíba e Testa-Seca, essas duas semanas, quando um saía da cela pra fazer a faxina. Imagine você, Sargento Heliodoro, invejar duas pestes

	daquelas. Só porque podiam ver o céu em cima da cabeça deles.
HELIODORO	Ora, isso não quer dizer nada. Porque todo mundo tem inveja de você. Até o Tenente. Vou lhe dizer mais: até eu.
LELÉU	Inveja de mim? Vocês?! Soltos?!
HELIODORO	Pra mim, pelo menos, isso de estar solto não adianta é nada.
LELÉU	Você está livre, senhor. Isso é pouco?
HELIODORO	Estou livre, mas sou um desgraçado, Leléu. Se você soubesse da minha vida, era capaz de chorar.
LELÉU	Ah! Então não conte. Eu aqui já cheio de tristeza. Mas não será que se pode dar um jeito? Porque pra quase tudo neste mundo há jeito.
HELIODORO	No meu caso, não.
LELÉU	Todo mundo diz isso. Mas eu mesmo já encontrei remédio para tanto caso sem jeito que, se lhe contar, você fica assombrado.
HELIODORO	Você sabe que eu também tenho um fraco por mulher?
LELÉU	E quem é que não tem? Se até gato fica mais dengoso quando se esfrega em perna de mulher! Foi a última coisa que Deus fez, senhor. Ele já estava prático.
HELIODORO	Mas eu tenho um pensamento comigo. É que Deus pode ter inventado a mulher, mas não tirou patente. Porque tem umas que só podem ter sido feitas pelo diabo. E é sempre com essas que a gente se casa, isso é que é de morte.
LELÉU	Mas Heliodoro, que tristeza! Eu fazia de você um homem bem-casado!
HELIODORO	Ora, bem-casado! A mulher parece um papagaio.

LELÉU   É verde?

HELIODORO   Quisera eu. Fala sem parar, é pior do que um rádio. De manhã até de noite. E, de uns tempos pra cá, pegou uma mania. Diz uma coisa, mas só pela metade, e fica atrás, feito uma peitica, atanazando pra gente perguntar por quê. Diz assim: "Vou deixar de comer carne de charque, Dorinho. Pergunte por quê".

LELÉU   Quem é Dorinho?

HELIODORO   Não sou eu? E eu tenho de perguntar: "Por quê?". Aí, ela diz. Há quem aguente, seu Leléu? Dá vontade de arranjar outra mulher.

LELÉU   Dorinho, fale com sinceridade: você está de olho em alguma mulher fora de casa. Está ou não está? Conte esse negócio direito.

HELIODORO   Ô, homem danado! Pois não é que estou mesmo? Mas não tem jeito, não. A mãe dela é uma caninana.

LELÉU   As duas sabem que você tem mulher?

HELIODORO   Sabem. E o diabo da velha diz que só me entrega a moça se o casamento for feito por um padre. Nem que seja escondido. Porque eu disse que só era casado no cartório. Mas eu sou amarrado dos dois lados.

LELÉU   Aqui não tem nenhum padre camarada?

HELIODORO   Camarada... Cantei um e ele me deu um esbregue tão danado que só em pensar as orelhas ficam ardendo.

LELÉU   Você pode perder, Dorinho, uns três contos de réis nesse negócio? Pergunte por quê.

HELIODORO   Por quê?

LELÉU   Porque, se pode, talvez a gente arranje um padre e amanse a velha. Já pensou?

HELIODORO   Você está brincando.
LELÉU   Diga se pode.
HELIODORO   Eu empenhava até a alma.
LELÉU   Pra mim, Heliodoro, eu não queria nada. Só uma corda pra eu andar em cima. Tenho pensado nisso. Eu amarrava nos armadores da rede e todo dia dava meu treininho. Quando saísse daqui, não estava fora de forma. Podia arranjar um lugar em qualquer circo.
HELIODORO   Ah, isso não! Uma corda? Quem já viu preso com corda? É capaz de vocês se enforcarem um ao outro.
LELÉU   Então, Heliodoro, nada feito.
HELIODORO   Só por isso? Por causa de uma corda? Nem tem outro serviço que eu pudesse fazer?
LELÉU   Tem um... Conseguir que Lisbela de Nogueira venha aqui, neste mesmo lugar, tarde da noite, quando todo mundo já estivesse dormindo. Um dia que você esteja de plantão.
HELIODORO   Meu Deus! Você é doido mesmo. E eu aqui conversando com um doido!
LELÉU   O que eu peço é fácil, Heliodoro. Ela foge de casa depois de meia-noite e vem. Sei que vem. O negócio é você falar com ela. Conheço aquele sangue, aquele jeito de olhar. Você promete? Eu tenho sorte, sargento, a vida é minha mãe. Se estou preso aqui, é porque alguma coisa grande vai acontecer. Ajude a vida, sargento, que eu ajudo você.
HELIODORO   Mas será que você arranja mesmo...
LELÉU   Deixe comigo.
HELIODORO   Bom, uma mão lava a outra. Mas vai ser arriscado como diabo.

LELÉU	Sargento Heliodoro, veja esse mundo como é atravessado. Você acha impossível, na franqueza do dia, me trazer uma corda; mas talvez me traga aqui, de noite, uma virgem donzela.
TESTA-SECA	Olhe essa conversa! Essa faxina acaba ou não acaba?
PARAÍBA	Está noivando?
HELIODORO	Leléu, você não está me enganando?
LELÉU	Que é isso, Sargento? Eu sou homem de enganar ninguém!
HELIODORO	Bem, vamos pra dentro.
LELÉU	Deixe eu respirar um bocadinho.
HELIODORO	(*Alto.*) Não senhor, não tem que respirar coisa nenhuma. Vamos respirar agora no xadrez! Citonho!
CITONHO	(*Aparecendo seguido de Jaborandi.*) Oi! Ô, cabra leso danado! Só pensa em fita de série. Esse daí, se o cinematógrafo deixasse de existir, ele morria.
JABORANDI	Gosto, sim. E é nada de mais?
CITONHO	(*Trancando Leléu.*) Cabo Heliodoro, sabe o que é que o Praça Jaborandi estava me propondo? Me ensinar corneta, pra eu tocar silêncio e ele poder ver a série, sossegado. Só quem está doido! Um velho como eu, com os beiços moles, que não acerto nem mais a tomar a canja, bancar o corneteiro.
HELIODORO	Respeite a velhice, Praça. Você parece que não tem sentimento.
JABORANDI	Eu estava brincando, seu Cabo.
LELÉU	Jaborandi parece uma leseira. Tem um jeito, rapaz, pra você assistir à série sossegado.
JABORANDI	Tem nada. Você quer é abusar comigo.

LELÉU	Olhe aqui. A sua obrigação não é tocar silêncio?
JABORANDI	É.
LELÉU	O negócio é o delegado ouvir, não é?
JABORANDI	É.
LELÉU	Pois você leva a corneta pro cinema. Quando chegar a hora, você sai e toca silêncio na calçada. Não precisa correr até aqui e sair correndo de novo pra pegar a série. Está vendo, Cabo? Resolvo logo a parada.
JABORANDI	Mas é mesmo! Pode ser assim, seu Cabo?
HELIODORO	Eu não tenho nada com isso. Você faça o que entender. Mas se lembre que o Tenente Guedes Lima é parada indigesta. (*Guarda o fuzil com que vigiava Leléu.*) Bem, vou fazer a ronda por aí. (*Olha-se num espelhinho de bolso e sai.*)
JABORANDI	Esse Leléu é os pés da besta. Tocar silêncio no cinema... Mas eu acho que dá certo.
TESTA-SECA	Você vai é atolar seu carro.
LELÉU	Atolar, por quê? Ai, que ele é do mato.
JABORANDI	Não é? Está feito menino?
TESTA-SECA	Menino, uma ova.
CITONHO	Vocês sabem que mais? Esse Cabo não anda bom dos miolos. Deu pra se achar bonito. Toda vez que sai, se mira no espelhinho. E vive agora numa agonia, que não para na delegacia.
LAPIAU	(*Entrando, com um violão.*) Cadê Leléu Antônio?
LELÉU	(*Exultante.*) Lapiau!
LAPIAU	Rapaz! Pensei que nunca mais te via. Tudo azul?
LELÉU	Tudo azul.
CITONHO	Um momento, um momento. Preciso, primeiro, conhecer a sua identidade.
LAPIAU	Minha o quê?

CITONHO	Saber quem você é.
LAPIAU	Sou um desgraçado dum artista de circo, que nem esse aí, que é meu irmão de opa.
LELÉU	É meu amigo velho, Citonho. O nome dele é José, mas quase ninguém no mundo inda se lembra disso. É conhecido como Lapiau.
CITONHO	Eu não sabia que tem circo na cidade.
JABORANDI	Nem eu.
LAPIAU	Estamos chegando, a estreia é amanhã ou depois de amanhã. Botei o pé na Vitória pra vir te ver. Vim te dar um abraço e trazer teu violão, rapaz.
CITONHO	E você também toca violão?
LELÉU	Arranho.
CITONHO	Mas espere aí. Deixe-me ver se esse violão tem alguma lima, algum troço escondido por aí. (*Toma o violão, sacode-o, examina-o.*) É, não tem, não. (*Dá o instrumento a Leléu.*) Vai tocar uma coisinha?
LELÉU	Tem tempo, Citonho. (*Beija o violão.*) Deixe eu conversar com meu amigo do peito.
CITONHO	O que é que você faz no circo?
LAPIAU	Leléu, você não sabe o capitão Blake? O cara dos cavalos? Arriou a lona e o mastro por uma mulher-dama, deu pra beber e me vendeu os cavalos. Agora estou como palhaço e também faço o número dos três cavalos. Não faço bem como o capitão Blake, mas faço e a turma gosta.
LELÉU	E quanto estão te pagando, aqueles miseráveis do Fekete?
LAPIAU	Saí do Fekete.
LELÉU	É mesmo. Vitória não está agora na rota do Fekete. Qual é a empresa?

LAPIAU   Vim no Circo Alegria.

LELÉU   Mas por quê? Eles não podem pagar como o Fekete.

LAPIAU   Leléu, vim ganhando menos. Você sabe, nem tão cedo o Fekete passava na Vitória de Santo Antão. Mas o Alegria, sim – e eu queria ver meu companheiro velho. Lhe entregar o pinho.

LELÉU   Assim é que se faz, Lapiau. Você é amigo pra enganchar.

LAPIAU   E não sou? Sou e sou. Mais vale um gosto do que cem mil-réis.

CITONHO   Isso é uma coisa que o homem, quase sempre, só aprende depois que perde o faro. Quer saber de uma coisa, Leléu? Estou gostando dele.

LAPIAU   Eu também estou gostando de você. Aliás, eu sou danado pra gostar de velho. Não vê que não tive pai? Acho que é por isso. (*Beija, com ar brincalhão, a testa de Citonho.*) A bênção, pai. A bênção, pai.

CITONHO   Deus te abençoe, cabeça de boi. (*Riem os dois e Leléu.*)

JABORANDI   Essa não. Citonho agora arranjou um pra abençoar. A bênção, pai Citonho.

CITONHO   Eu tenho lá filho da sua qualidade?! Um homão que só pensa em fita de série. Homem é esse!

LAPIAU   Mas Leléu, nunca pensei que você ficasse em cana. Você tinha escapado de tantas.

TESTA-SECA   De quantas? Isso é o que a gente quer saber. De quantas?

LAPIAU   Quem sabe lá? De muitas. Qual foi o erro aqui, Leléu?

LELÉU   Ela não tinha nem dezesseis anos. Quinze anos somente. E o pior é que eu sabia.

LAPIAU   Quinze anos! Foi por isso que você nunca me disse nada?
LELÉU   Foi.
LAPIAU   E você queria bem a ela?
LELÉU   Não. Nem isso. Eu vi um dia quando ela passou. Tão nova! Aqueles peitos rombudos. Peitos verdes. Aí, uma voz me disse: "Você só tem poder para as mulheres de vinte e oito anos. Ou de vinte e cinco. Pra uma assim você não existe". Então eu quis provar que isso era mentira. Um sinal de fraqueza, Lapiau.
LAPIAU   Leléu!
LELÉU   E depois de tudo, não valeu a pena. Eu só queria chegar até um certo ponto, só queria provar que a voz não dizia a verdade. Mas nesse ponto me faltaram as forças e eu me desgracei, desgracei a menina, fiz um buraco na minha vida, estou aqui feito um peste. E não valeu a pena, te garanto. Foi tão fácil, menos de oito dias. Qualquer besta podia ter feito o mesmo. Ela é dessas mulheres que ninguém no mundo pode conquistar, porque não são donas delas mesmas, já nasceram dadas. Portas sem ferrolhos.
LAPIAU   Ela tem vindo aqui?
LELÉU   A família mudou-se. Eu só desejo é que ela não emprenhe. Não pode dar filho que preste. Mas vamos pra diante, pra frente é que se anda. Eu já fiquei chorando no ombro do acontecido? Já fiquei?
LAPIAU   Não.
LELÉU   Também não choro agora. O que veio não vem mais. Eu tenho a goela dura, engulo a vida com as pedras, seu colega. Estou aqui vendo o sol

nascer quadrado, gosto do Citonho, de Jaborandi, mas já fugi uma vez e vou fugir de novo, e desta vez não há quem me segure. Fujo e levo esses dois, mato o delegado de raiva, acabo com a carreira dele. Aquele filho da peste me bateu.

LAPIAU   Foi mesmo?

JABORANDI   Foi pouca coisa.

LELÉU   Mas bateu, não bateu?

JABORANDI   Foi.

LELÉU   E podia?

JABORANDI   Não.

LELÉU   Covarde, Lapiau. Mas eu caio fora.

CITONHO   Leléu! Acabe com essa conversa. Você está esquecido que eu sou o carcereiro?

LELÉU   Não acabo não, Citonho. E sabe de uma coisa, Lapiau? Com você aqui eu criei foi alma nova. Está tudo azul. Coisa boa danada é te ver outra vez. E melhorado, trabalhando com cavalos. Te lembras quando a gente trabalhava nos dramas?

LAPIAU   Se me lembro? Ora se! Peça formidável era aquela: *Meu único progenitor*.

LELÉU   E a *Paixão de Cristo*? A *Paixão de Cristo*, rapaz. Aquilo é que era uma peça. Quarenta e oito atos.

LAPIAU   Quarenta e seis.

JABORANDI   Danou-se. Nem uma série.

CITONHO   Mas espere, você também já trabalhou na ribalta, Leléu?

LAPIAU   E era grande. Tinha uma peça que ele fazia o papel de Remorso e eu era o Crime. Quando a gente aparecia em cena, os dois, palma era lixo. Mas aquilo era uma peça de entortar o cano.

LELÉU   *O filho amaldiçoado*.

LAPIAU   Não, *maldito*.

LELÉU   Ah, sim. *O filho maldito*.

CITONHO   Mas sim, senhor. O homem também já foi artista dramático! Afinal de contas, o que é que você ainda não fez na vida, rapaz? Pois eu estou velho que já perdi a conta, e desde que me entendo de gente, nunca fui outra coisa a não ser carcereiro. E carcereiro na cidade da Vitória, ainda tem mais essa. Ó, vida besta danada! Só o que muda é a cara dos delegados e o nome dos presos.

LELÉU   Uma vez, Citonho, na Semana Santa, eu fui o Cristo e o jumento empacou, você já viu? Na entrada de Jerusalém. Cristo fazendo tudo que era de milagre, mas não havia jeito de tirar o jumento do lugar. Tive que entrar a pé em Jerusalém. E com uma raiva danada do jumento. (*Risadas. Ouve-se, fora, uma altercação.*)

LAPIAU   Que diacho é aquilo?

JABORANDI   (*Observando.*) É o sujeito dos passarinhos, Citonho, num bate-boca da gota com outro cara. Capaz de ser o tal de Raimundinho.

CITONHO   Ai, ai, ai. Esse negócio ainda vai dar em confusão. Com licença, esse menino. (*Sai com Jaborandi.*)

LAPIAU   Fique à vontade, meu tio. Que história é essa desses passarinhos?

LELÉU   Não interessa. Quero te falar agora num segredo. O Circo Alegria também tem teatro?

LAPIAU   Tem.

LELÉU   Tem peça com padre?

LAPIAU   Com padre, com frade, do jeito que você quiser.

LELÉU   E tem alguma batina que sirva pra você?

LAPIAU   Deve ter.

LELÉU Lapiau, quero fugir com esses dois. (*Aos dois.*) Mas vocês aguentem a mão, se querem bater asas. Nem uma palavra do que estou falando, que em boca fechada não entra mosca. (*Ao amigo.*) Nossa fugida talvez dependa disto: de você bancar o padre ou o frade. Acho que frade ainda é melhor. Peça três contos de réis pelo serviço.

LAPIAU Mas que serviço?

LELÉU Ao Cabo Heliodoro.

LAPIAU Não sei nem quem é esse.

LELÉU Já vem gente. Volte aqui amanhã. Vou escrever tudo direitinho num papel. Vem amanhã?

LAPIAU No duro. Ou talvez mande alguém, pra não dar na vista. Mas você tem papel?

LELÉU Isso eu arranjo.

LAPIAU Então, até, Leléu.

LELÉU Até. (*Lapiau sai.*)

TESTA-SECA Que plano é esse?

LELÉU Mais tarde eu conto a vocês.

TESTA-SECA Se você pensa que me enrola, está muito enganado.

LELÉU Mais tarde eu conto tudo, mas a nossa escapada depende de segredo. Não caiam na besteira de falar. Lá vem o Praça.

JABORANDI (*Entrando.*) O tal do Raimundinho, rapaz, fazendo uma confusão aloprada, mas quando o vendedor de passarinho falou em resolver o caso na delegacia, ele saiu que saiu xaxando. Mas tem gente que já tem medo de polícia.

LELÉU Oi, não? Quem está pronto pra levar caçambada?

JABORANDI Mas também não é assim, Leléu.

LELÉU Não é, mas pode ser.

CITONHO	(*Entrando com Tãozinho.*) Não adianta, rapaz. Tenente Guedes Lima não está aqui, de modo que de maneiras tais, você está perdendo o seu latim.
TÃOZINHO	E quando é que o delegado vem? Preciso resolver essa questão.
LELÉU	Qual é o caso, Tãozinho?
TESTA-SECA	Tãozinho... Nunca vi homem chamado Tãozinho. E um safado com um nome desse ainda encontra jeito de tomar a mulher de outro.
PARAÍBA	Também a graça do outro é Raimundinho.
TÃOZINHO	Que é que voincês estão falando?
LELÉU	A gente quer saber qual é o caso. Raimundinho quer a mulher de volta, é?
TÃOZINHO	É coisa muito pior. (*A Citonho.*) Posso falar pra ele?
CITONHO	Você pode falar pra quem quiser. Tenho nada com isso?
TÃOZINHO	Francisquinha do Antão...
LELÉU	Como vai ela?
TÃOZINHO	Vai bem. Ih... Satisfeita!... Sabe que ela tem um pé de meia? Pois tem, Francisquinha é mulher de muito bom pensar.
CITONHO	Está se vendo.
TÃOZINHO	Quatro contos de réis é o pezinho de meia dela.
CITONHO	Mas como é? Ela deixou em casa ou levou pra você?
TÃOZINHO	Não, levou. Levou, sim.
CITONHO	Não levou a roupa, mas os cobres sim, hein? Estou vendo que ela é mesmo de muito bom pensar.
TÃOZINHO	Se é?... Mas sabe que o descarado do marido quer? Aquilo é uma farinha muito ruim. Quer que ela dê a ele metade do dinheiro.

LELÉU   Não dê, não.

CITONHO   Mas é danado, isso! Leva a mulher do homem e ainda chama o pobre de descarado.

TÃOZINHO   E não é, não? Atrás do meu dinheiro! Está direito isso?

LELÉU   Ele está doido. Não dê nem um tostão.

TÃOZINHO   Dou não, menino?

LELÉU   Não dê de jeito nenhum.

TÃOZINHO   Meu parecer é esse. Mas eu sou um brasileiro que respeita as leis.

CITONHO   Isso é raro.

TÃOZINHO   Ah, mas eu sou assim. Respeitador da lei. É por isso que eu queria falar com o delegado. Queria saber direitinho esse negócio.

LELÉU   Que negócio, homem?

TÃOZINHO   Esse negócio dos quatro contos de réis. Se ele tem direito a receber a metade.

LELÉU   Você está lesando? Não tem que saber nada. Manda esse idiota passear. Não dá, e acabou-se.

TÃOZINHO   Mas ele diz que é de leis.

LELÉU   Leis coisa nenhuma! Você já viu lei pra corno?

TÃOZINHO   E não tem não, seu?

LELÉU   Nunca teve.

TÃOZINHO   Graças a Deus, meu Deus. Pois voincê agora me tirou um peso de cima. Ó homem dum juízo escanzinado. Por que é que voincê não assume essa delegacia?

LELÉU   Já insistiram. Eu é que não quis.

JABORANDI   Essa não. (*Citonho ri.*)

TÃOZINHO   Pois bem que devia querer. Pronto, eu agora não conheço tempo ruim. Olhe aqui, fiquei tão aliviado que quero lhe fazer um presentinho. Não repare, não.

LELÉU	Um curió?
TÃOZINHO	Um salta-caminho. Desses que cantam: ai meu Deus!
LELÉU	É desses que eu preciso, Tãozinho, pra chamar a Deus por mim.
TÃOZINHO	(*Entregando-lhe o pássaro.*) Está aí, fique com ele.
LELÉU	Obrigado, Tãozinho. E não se esqueça: não há lei, hein?
TÃOZINHO	Vou dizer pra ele.
CITONHO	Você vai é terminar levando umas... umas... como é que diz, menino?
JABORANDI	Porradas.
CITONHO	Umas porradas.
TÃOZINHO	E aquilo briga nada? Seu Raimundinho é feito canário engodeiro: bate fogo, mas só briga dois minutos. Dou-lhe uma bicotada no oveiro, ele corre.
CITONHO	Vá se fiando. Um dia a casa cai.
TÃOZINHO	(*Intencional.*) Já caiu... (*Sai alegre com as suas gaiolas.*)
CITONHO	Ele agora está satisfeito que só cego em cinema. Mas a cantiga dele vai ser outra, quando a situação se inverter. Porque essa Francisquinha, pelo que eu vejo, é uma vaca.
JABORANDI	Como é que tu pode saber, Citonho? Nem viste a mulher.
CITONHO	Menino, quer que eu lhe diga uma coisa? Eu às vezes, principalmente de noite, na hora de lavar os pés, fico triste por não ter encontrado nem uma viúva com filhos que me quisesse para segundo marido.
TESTA-SECA	Um ordenado mixo desse.

CITONHO	Mas, ao mesmo tempo, me consolo, porque penso no que vi escrito uma vez num para-choque de caminhão: "Mulher e freio não merecem confiança".
LELÉU	Isso foi escrito por algum desenganado.
CITONHO	E você acha que elas merecem, Leléu?
LELÉU	Nem todas, mas têm umas que merecem.
CITONHO	E essa Francisquinha, o que é que você acha?
LELÉU	Ah, isso só vendo.
JABORANDI	A sorte de Tãozinho, dessa vez, foi Tenente Guedes não estar aqui. Porque senão ele ficava em cana. (*Entra Lisbela.*)
LELÉU	(*Com emoção.*) Citonho!
CITONHO	Dona Lisbela! O que é que o Tenente vai dizer se aparecer agora por aqui?
LISBELA	Não me importa. Quero falar com esse homem.
LELÉU	Comigo?...
HELIODORO	(*Entrando.*) Dona Lisbela, precisa de alguma coisa?
LISBELA	Não. (*A Leléu.*) Você conhece alguém por nome Inaura?
LELÉU	Inaura?... Sim, é um nome velho... Que foi que aconteceu com ela?
HELIODORO	Jaborandi, você não pode ouvir essa conversa.
JABORANDI	Por quê?
HELIODORO	Porque é soldado raso. Fique na calçada.
JABORANDI	Eu não digo que soldado não tem direito a nada? Soldado raso é pior do que cachorro.
HELIODORO	Fique latindo lá fora. (*Jaborandi sai amuado.*)
LELÉU	Ela morreu?
LISBELA	Esteve lá em casa, hoje. Não faz nem meia hora que saiu.
LELÉU	Que é que ela veio fazer? Mora tão longe.
LISBELA	Num lugar chamado Coripós.

LELÉU	É isso. Que é que ela veio fazer? Me ver?
LISBELA	Já foi embora. Disse que não queria ver você aqui, feito um ladrão.
LELÉU	E pra que foi que ela veio? Por que não me diz logo?
LISBELA	Ela veio avisar que você vai morrer.
LELÉU	Eu?...
LISBELA	Se fosse por ela, acho que nada ruim lhe aconteceria. É por causa dum irmão.
LELÉU	Que irmão é esse?
LISBELA	Você não conhece?
LELÉU	Nunca me falou. Por onde andava nesses anos todos esse condenado?
LISBELA	Andava longe ou preso, não sei direito. Sei que ele voltou e que fez tudo pra ela lhe dizer seu nome, e o que você fazia.
LELÉU	E ela disse?
LISBELA	Não, mas ele soube muita coisa.
LELÉU	Nesse tempo, eu trabalhava no teatro.
LISBELA	Ela disse. E também disse que, há quase uma semana, anda pelo mundo atrás de lhe encontrar. Pra você se esconder. E que isso foi difícil, pois você vive mudando de nome e profissão. Como era seu nome naquele tempo?
LELÉU	Mendel. Era um nome bonito, mas não me deu sorte. Patrick Mendel. Não é bonito? Clementino Natalício da Rocha... Otaviano Estácio da Mata... Antônio da Paz... Florêncio Nunes...
LISBELA	E agora, todos esses nomes vão morrer.
LELÉU	Não.
LISBELA	Ela disse que o irmão lhe encontra, a não ser que você fuja. Se pelo menos você não estivesse aqui, numa cadeia tão sem proteção!

HELIODORO	Aqui é o mesmo que estar na rua.
TESTA-SECA	E a gente também corre perigo.
LISBELA	Leléu, vou pedir a meu pai.
LELÉU	O quê?
LISBELA	Pra falar com o juiz. O juiz pode mandar você para o Recife, para a Detenção.
LELÉU	Não.
LISBELA	Lá você fica seguro.
LELÉU	Não quero.
CITONHO	Não seja cabeçudo, rapaz. Isso aqui não tem nenhuma segurança. Até um velho como eu corre perigo.
LISBELA	Deixe falar com o meu pai. Ele o detesta, gostará de ver-se livre de você.
LELÉU	Quero ficar aqui, dê no que der.
LISBELA	Por que isso?
LELÉU	Não quero ficar longe da senhora. A senhora é minha paz, dona Lisbela. Tudo isso que a senhora me diz não vale nada. O que vale é que a senhora está aqui.
LISBELA	Você sabe que eu estou para casar. Não deve falar desse modo.
LELÉU	A senhora não é noiva no seu coração. Só é noiva na mão e na palavra.
LISBELA	Pois é, eu dei minha palavra e minha mão.
LELÉU	Dona Lisbela, a senhora pra mim é a bandeira brasileira. Uma bandeira grande. Sabe que a bandeira grande só recebe o vento se estiver presa num mastro muito forte? Leléu Antônio da Anunciação é o mastro pra senhora.
LISBELA	Pare! Você ainda não sabe o que foi que disse o irmão dela. Ele jurou arrancar...
LELÉU	Não diga.

TESTA-SECA   Você agora acerta, rapaz. Você agora acerta. Citonho, Cabo, vocês têm que botar esse cara noutra cela. Longe da gente.
LELÉU   Ele jurou arrancar...
LISBELA   Sua cabeça.
LELÉU   (*Alegrando-se desmedidamente.*) Ah, ah, ah! Eu pensei que ele quisesse arrancar minha macheza. Ah, ah, ah!
CITONHO   Leléu! Deixe disso, rapaz. Você endoideceu?
LELÉU   Citonho! Um homem sem cabeça ainda é homem. É um homem sem cabeça. Não faço questão de ir para o buraco sem a cabeça. O que eu não quero é ir sem uma certa parte que você conhece.
CITONHO   Eu não conheço nada.
LELÉU   Dona Lisbela... Olhe pra mim e escute. O que faz o homem é o coração e a macheza. É por isso (*batendo na barriga e nos peitos*) que esta parte aqui se chama tronco. Isto aqui é o tronco. Um homem com as partes arrancadas é como um galo mudo. Já imaginou um galo, o dia amanhecendo e ele com o canto preso na garganta, vendo a noite se acabando e o sol se levantando, e ele sem cantar? Não me importo que me enterrem sem cabeça.
LISBELA   Leléu, por que você é assim? Por que tem sempre que mudar de ocupação? De nome? Vagando pelo mundo e trocando de mulher, sem ficar em nenhuma?
LELÉU   É minha sina.
LISBELA   Você quer assim. Não existe um nome que lhe sirva? Não existe mulher que lhe mereça?
LELÉU   Não me largue pilhérias.

LISBELA   Você não está respondendo.

LELÉU   Quando eu era pequeno... Eu nasci num lugar chamado São José da Coroa Grande. Um dia, a gente ouviu dizer que o Zepelim ia passar por lá. Foi um alvoroço! Todo mundo queria, antes de ver, saber mais do que outro como era o Zepelim. São José – a senhora conhece? – é uma praia. Devia ser no verão. Tinha lá uma porção de povo e a noite estava tão bonita. Eu tinha uns oito anos. Quando vi, foi aquela beleza atravessando o céu. Me esqueci de tudo e saí andando atrás daquela claridade. Parece que estou vendo. Fui andando, fui andando e me perdi. Todos me procuravam. Eu ouvia aquelas vozes me chamando longe... E assim tem sido a minha vida, sempre me perdendo atrás do que é bonito. (*Lisbela reflete um instante e se retira precipitadamente.*) Heliodoro, você vai com ela? Vai falar com ela? Não deixe ela ir sozinha. (*Heliodoro sai.*)

TESTA-SECA   Você cai fora daqui, dê no que der. Não estou pra morrer por sua causa.

CITONHO   Ora, largue o homem, Testa-Seca.

TESTA-SECA   O melhor é a gente matar logo esse peste.

LELÉU   Largue-me. (*Desvencilhando-se.*) Ninguém vai me matar. Ninguém vai ter esse gosto.

TESTA-SECA   Quando esse homem de Coripós chegar aqui, vai meter bala e quem não quiser morrer saia da frente. Não quero estar por perto de você.

PARAÍBA   Você pode pedir pra se mudar. Eu não me importo de ficar aqui com ele.

TESTA-SECA   Que é que você está pensando? Você tem alguma coisa na cabeça. Eu não saio daqui, nós dois ficamos juntos.

PARAÍBA	Você agora manda na cadeia, é? Tenente Guedes! Pronto, Citonho! Olha aí o Tenente Guedes Lima.
TESTA-SECA	Você pensa que esse sujeito vai fugir.
LELÉU	E vou.
TESTA-SECA	E que leva você. Vocês dois numa sela arribam e eu fico aqui. É isso que você está pensando. Mas talvez seja eu quem vá primeiro.
PARAÍBA	Essa foi muito fraca, Testa-Seca. De que é que serve você sair sem mim? Tu não sabe onde foi que escondi o ouro.
TESTA-SECA	(*Com grosseira ironia.*) Sei não. É bom porque não sei... Já ouvi, mais de uma vez, você falar dormindo.
PARAÍBA	Ah! E agora deu pra mentiroso.
TESTA-SECA	Mentiroso? Se você não disse, sonhando, onde é que estava o ouro, eu cegue agora mesmo da gota-serena. Quero que me dê o estupor-tabica, se eu não passei a noite acordado e ouvi você dizer.
PARAÍBA	(*Insistente.*) É mentira. É mentira.
LELÉU	Parem com essa briga.
PARAÍBA	Esse cara agora com mentira.
TESTA-SECA	Mentira uma ova. Cego de guia, de cacetinho, eu acerto onde é.
PARAÍBA	Pois diga. Fale, quero ver você dizer.
LELÉU	Deixem de ser burros.
CITONHO	Uma zoada sem necessidade.
TESTA-SECA	Não lhe pedi palpite, pedi?
CITONHO	Não.
TESTA-SECA	Então, feche a matraca.
CITONHO	Ora, vão você e seu amigo para o diabo que os carregue. (*Sai gesticulando.*)

LELÉU   Essa briga de vocês é ignorância. Vocês não planejaram tudo um com o outro? Não mataram e limparam a velha juntos?

TESTA-SECA   Fui eu que acabei com a velha. Enquanto isso (*apontando Paraíba*), ele pegou o que podia e fez bunda de ema. Arribou com o ouro. Queria me enganar. Só encontro mentiroso e traidor neste mundo.

PARAÍBA   E quem foi que abriu a boca? Quem foi pegado primeiro e cantou logo o meu nome, sem precisar de acocho?

TESTA-SECA   Eu ia deixar você no meio do mundo? Com o ouro nos gadanhos? Só se fosse algum besta.

PARAÍBA   É o que você é.

TESTA-SECA   Você vai ver se eu sou.

LELÉU   Acabem de uma vez com essa discussão. Isso não leva a nada, será que vocês não entendem? A gente precisa agora é de cabeça pra agir. De cooperação e calma. Trabalhar com o juízo.

TESTA-SECA   Vá conversar pra lá. Você não vai ter muito tempo pra trabalhar com o juízo.

LELÉU   Vocês estão pensando que eu nunca tive atrapalhos na vida? Pensam que eu sou menino amarelo? Que eu sou feito prego, que só tem cabeça pra levar martelada? Esse sujeito de Coripós não vai me pegar nunca.

TESTA-SECA   Eu sei como é. Não dou uma semana pra ele estar aqui. Esse pessoal tem faro de cachorro.

LELÉU   E Frederico Evandro também não prometeu voltar? Um homem daquela qualidade não falta com a palavra. Volta como dois e dois são quatro. Quando ele aparecer, eu conto tudo e

	digo a ele pra acertar a tampa do desgraçado desse irmão de Inaura.
PARAÍBA	Você não queria os inimigos vivos? Deixa esse vivo.
LELÉU	Por amor de quem? Se é pra escolher entre a minha morte e a dele, tenha paciência. Ele vai antes.
TESTA-SECA	E se Vela de Libra não voltar? E se ele voltar tarde demais? E se o outro goela for melhor no dedo do que ele?
LELÉU	E vocês pensam que eu fico aqui sentado? Esperando por eles, pra ver no que dá? Talvez nem um nem outro me encontre mais aqui. O negócio é arranjar uma corda bem comprida. Aí, eu fujo pelo telhado e levo vocês dois. Já viram esse gancho da rede como é grande?
TESTA-SECA	Eu não tinha reparado.
LELÉU	A gente arranca ele...
PARAÍBA	E a corda?
LELÉU	Talvez que Lapiau consiga me arranjar: dentro do violão.
TESTA-SECA	E quem sobe primeiro nessa corda?
LELÉU	Eu.
TESTA-SECA	Não estou dizendo? Por que quem vai na frente não sou eu?
PARAÍBA	Você não foge sozinho, Testa-Seca.
LELÉU	Eu só queria ver era a desconfiança e a inteligência de vocês. Não faço questão de ir na frente. Então não precisamos da corda pra descer? E se o primeiro que subisse levasse a corda com ele, os outros não gritavam? Pelo menos dessa vez, precisamos de confiança e união. Você ainda pensa que eu estou blefando, Testa-Seca? Ainda quer que eu vá para outra cela?

TESTA-SECA	Agora, só falta você dizer que é o meu mastro. Que por nós dois é capaz de matar e de morrer.
LELÉU	Não morro de amor por vocês. Meu caso... – por que vou esconder? – meu caso é gaita. O que eu quero é uma parte do ouro. E vocês não vão dizer que eu sou ambicioso.
TESTA-SECA	Quanto é que você pede?
LELÉU	Um quinto. Um dedo da mão. Duas partes de um, duas partes de outro e uma parte minha. Vale ou não vale?
PARAÍBA	Por mim, eu topo.
TESTA-SECA	Eu também não quero dever favor. Mas isso tudo é uma conversa besta.
LELÉU	Por quê?
TESTA-SECA	Se Lapiau não lhe passar a corda, onde é que você vai arranjar uma?
LELÉU	Com o Tenente Guedes. (*Forte riso de mofa de Testa-Seca.*) Qual é a graça? Não viram ainda agora o meu falar com a moça? Já não viram ela correr aqui para me proteger? É com ela que eu quero amansar o delegado. É ela que vai fazer o pai me dar a corda. Para eu treinar... E sabe pra que é que Lapiau vai bancar o frade? Pra casar de mentira o Cabo Heliodoro. Em paga, o Cabo vai servir de leva e traz pra mim.
TESTA-SECA	O Cabo?
LELÉU	Sim. E por que não?
TESTA-SECA	Com aquela fachada? Levando recadinhos? (*Risadinhas de Testa-Seca e Paraíba.*)
LELÉU	Mas é preciso que vocês não digam um pio. Que ele não desconfie, nem de longe, que vocês sabem de nada. Visto? Tá legal? Eu sou ou não sou a salvação de vocês? (*As

risadas continuam. Leléu lhes dá grandes tapas, rindo também e gritando.) Burros! Burros! (*Em seguida, apanha o violão e, dançando, começa a cantar, logo acompanhado pelos outros.*)

O meu urso é estrangeiro,
ele veio de Portugal
Vamos todos, minha gente,
divertir o carnaval.
Coro
Não vá beber,
não vá se embriagar
não vá cair na rua
pra polícia lhe levar. (bis)

Em seguida, começam a solfejar Vassourinhas. *Entram Citonho e Jaborandi; começam a dançar. De repente, os presos se calam. Pelo silêncio deles, Leléu desconfia que Tenente Guedes entrou. Cala-se também e se volta. O delegado se aproxima. Citonho e Jaborandi também entram.*

TEN. GUEDES	Sim, senhor. Que falta de anarquia. Este negócio aqui está virando frege, não é? Você examinou de verdade essa viola, Citonho?
CITONHO	Examinei, Tenente.
TEN. GUEDES	(*A Leléu.*) Então, o cavalheiro também gosta de música?...
LELÉU	E quem é que não gosta, delegado? Quem canta seus males espanta.
TEN. GUEDES	Tem gente que não pode ouvir um instrumento. Vai ver que seus companheiros são desses. Que é que me diz, Paraíba?
PARAÍBA	O senhor é quem sabe.

TEN. GUEDES	Não gosto que meus presos sejam incomodados. Quero ver todo mundo satisfeito. Citonho, você gosta de música?
CITONHO	O dia todo, não. Mas uma vezinha ou outra é bom.
TEN. GUEDES	Você, apesar de meio caduco, é um homem de juízo. Estive pensando num palpite que você...
CITONHO	Um momento, Tenente. O senhor me desculpe interromper. Mas eu já estou ficando tiririca com esse negócio de dizer que eu sou caduco. Que cábula! Se eu fosse caduco, estava por aí fazendo besteira. Qual é a besteira que eu faço?
TEN. GUEDES	Não precisa se abusar, senhor. Vou provar que, às vezes, eu acho você até equilibrado.
CITONHO	Como é?
TEN. GUEDES	Quando esse moço do violão voltou, você não queria que ele fosse para outra cela? Pois eu estive pensando que você tem razão.
CITONHO	Bem... Mas isso foi naquele dia.
LELÉU	O senhor vai me tirar daqui?
TEN. GUEDES	Pra você ficar mais descansado, poder tocar seu violão em paz, sem esse pessoal atrapalhando.
LELÉU	Felizmente.
TEN. GUEDES	Felizmente, por quê?
TESTA-SECA	Sim. Felizmente, por quê? Por que é que é felizmente?
LELÉU	Porque já não aguento as caras de vocês, entendeu? Porque já estou de saco cheio de estar junto de vocês. Quer que diga mais?
TESTA-SECA	Em que é que você é melhor do que eu?
LELÉU	Em muita coisa.
TESTA-SECA	Um dia, inda lhe quebro a cara.

TEN. GUEDES	Na minha frente, não. Respeite a autoridade. Mas vou ser franco. Há uma coisa em que eu acho que, realmente, ele é melhor do que vocês: é na conversa. Toda vez que eu chego aqui, acho vocês dois com cara de enrolados. E a coisa que me dá mais raiva neste mundo é um sujeito querendo me enrolar.
LELÉU	Vamos fazer a mudança.
CITONHO	Mas por quê, Leléu? Você já não se acha acostumado aí?
TESTA-SECA	Deixe esse cara aqui.
PARAÍBA	É, Tenente Guedes. Deixe ele com a gente.
TEN. GUEDES	Que é que você acha, Citonho?
CITONHO	Bem, por mim, ele ficava aí.
TEN. GUEDES	Vou pensar no caso. (*A Paraíba e Testa-Seca.*) Sei que vocês são gente muito boa, que não vão bater nele nem fazer arruaças aqui dentro. (*Entra Heliodoro.*)
HELIODORO	(*Fazendo continência.*) Pronto, Tenente.
TEN. GUEDES	Vocês têm sido tão bem-comportados! Tanto que eu acho até que vou diminuir a guarda. Heliodoro, você está autorizado a dar mais folga aos praças. Isso aqui não precisa de estar sempre guardado.
HELIODORO	Está bem, Tenente.
LELÉU	Posso dar um palpite, delegado? O senhor está esquecido duma coisa: o alagoano prometeu voltar.
TEN. GUEDES	Que alagoano?
LELÉU	Frederico Evandro. O tal que o touro da moça ia pegando. Ele está doido pra me pagar o favor. E, se chegar aqui e não encontrar o troço guarnecido, é capaz de abrir a porta e de soltar nós três.

TEN. GUEDES	Seu Anunciação, eu não tenho, nem tive nunca, medo de pistoleiro. Minha força moral é mais do que bastante para mantê-los todos afastados.
LELÉU	É porque o senhor não viu Frederico Evandro.
TEN. GUEDES	E se visse, menino, seria a mesma coisa. Cabo Heliodoro, diminua a guarda. (*Sai.*)
TESTA-SECA	Você não disse que a gente precisava ficar junto?
LELÉU	E não fiquei?
TESTA-SECA	E como é que estava esculhambando a gente? Hein?
PARAÍBA	Cala a boca, Testa-Seca. Ele jogou bem. Se choramingasse, já estava do outro lado. (*Entra Tenente Guedes. Paraíba, fingindo que não o viu, grita.*) Mas comigo, você se estrepa. Lhe rasgo a fantasia.
TEN. GUEDES	Esqueci de dizer... Jaborandi e Citonho me falaram ainda agora nesse amigo seu, o tal que lhe trouxe o violão. Não quero ele passeando muito por aqui. Ouviu, Heliodoro?
HELIODORO	Ouvi, Tenente.
TEN. GUEDES	Não tenho um tico de confiança nesse pessoal de circo. São o mesmo que ciganos. Jaborandi, venha comigo. Tenho um serviço pra você. (*Saem o Tenente e Jaborandi.*)
LELÉU	(*A Heliodoro.*) Então?...
HELIODORO	Tudo certo... (*Numa explosão.*) Mas você vai morrer, não tem santo que lhe salve. Fui conversando com a moça, ela me deu os traços do sujeito que quer lhe degolar. Leléu, o homem é o mesmo.
LELÉU	Que mesmo, senhor?
HELIODORO	O mesmo que queria lhe fazer favor, o tal da vela.

LELÉU   Não.
HELIODORO   É ele. A moça de Coripós deu toda a pinta do irmão.
LELÉU   Ah, ele falou num caso de família. Mas o caso dele não era em Coripós. Era num lugar chamado Boa Vista. Não foi, Citonho?
CITONHO   É a mesma coisa, Leléu. Estou lembrando. Boa Vista, agora, é Coripós. Santana se chama Batente. Glicério é Paquevira. Queimados tem agora o nome de Orobó. Mudaram o nome de não sei quantos lugares.
LELÉU   É por isso! É por isso que o Tenente não pegou a isca. Por isso que ele veio com aquela goga de ter força moral. Força moral, um ovo. Ele sabia. Heliodoro, esse Tenente é um safado, ele está abrindo caminho porque quer que eu morra.
TESTA-SECA   (*Agarrando-o.*) E agora? E agora, como é?
LELÉU   Estou no mato sem cachorro, Heliodoro. Inaura, pra que fui me meter contigo? E por que fui me meter na frente daquele boi? Pra que não deixei ele enterrar o chifre naquele desgraçado? Cavei o meu buraco, Citonho. Cavei o meu buraco sem saber. Tanta mulher bonita neste mundo. Tanta coisa linda! E eu morto!

TERCEIRO ATO

Citonho e Heliodoro, da lado de fora, bebendo e comendo, conversam, sentados no chão. São mais ou menos 9h30 da noite. A lâmpada dos presos está apagada. Lapiau, que espreitava através das grades, aproxima-se do carcereiro e de Heliodoro.

CITONHO   Então, Lapiau, pegaram no sono?

LAPIAU   É brincadeira? Comeram e espernearam como o diabo! Deu na fraqueza.

CITONHO   Bebe mais um bocadinho de vinho.

LAPIAU   Quero não, Citonho. O pessoal do circo acho que já está me esperando. Inda vamos viajar hoje de noite.

CITONHO   E os cavalos?

LAPIAU   (*Sobressaltado.*) Hein? (*Voltando a si.*) Ah, vão bem, obrigado.

HELIODORO   Vocês ganharam ou não ganharam dinheiro na Vitória?

LAPIAU   Sempre deu pra defender alguma coisa.

HELIODORO   Isso aqui é uma terra muito boa.

LAPIAU   Não tem dúvida. Mas vou chegando. Citonho, me abençoe.

CITONHO   Seja feliz, meu filho. Deus e Nossa Senhora te acompanhem.

LAPIAU   Amém. Cabo velho, até outra vista.

HELIODORO   Até, menino.

LAPIAU	Lembranças a Leléu, amanhã de manhã.
CITONHO	Farei presente. Lembranças aos seus cavalos. (*Lapiau se afasta, acenando ainda uma vez para os dois.*) Rapaz bom.
HELIODORO	Ele se dá uns traços com um frade que eu conheço.
CITONHO	Que frade é esse, rapaz?
HELIODORO	Que adianta dizer, se você não conhece? Não fosse a barba, era ele escritinho.
CITONHO	Ai, meu Deus. Estou com a barriga feito um bumbo. Comi que só um abade. (*Ri fininho.*) Ele ficou espantado, quando eu falei nos cavalos. Coitado, é como eu, não tem parentes no mundo.
HELIODORO	Não quer mais não, Citonho?
CITONHO	Não. (*Arrota.*) Estou satisfeito.
HELIODORO	Besteira. Depois, toma um purgante de salsa, caroba e cabacinho e pronto. Ou, então, de maná e sena. Fica bom num instante.
CITONHO	Ave Maria! Só se for para eu me acabar logo, de uma vez.
HELIODORO	Pois eu, na voz de comer de graça, só paro quando não aguento mais. É como diz a história: "Papagaio não comeu, morreu". Depois, tomo um purgante. Ô galinha boa danada. (*Erguendo uma coxa de galinha e fitando-a com alegria.*) Ai, coxa! Há quanto tempo eu não te via! (*Dá uma dentada.*) Mas está boa como diabo. (*Bebe.*)
CITONHO	Bem que dizem que quando pobre come galinha um dos dois está doente. (*Ri.*)
HELIODORO	Mas esse ditado não está certo.
CITONHO	Não está o quê? Isso é o ditado mais certo do mundo.

HELIODORO   Mas desta vez ele errou, porque nem a galinha está doente nem eu.
CITONHO   Ah, rapaz. O ditado também não vai dizer que pobre quando come galinha um dos dois está doente, ou então a filha do delegado, ou do prefeito, ou de coisa que os valha, se casou. Estou perdendo meu tempo em falar disso a você: mas assim não era mais ditado, já era filosofia.
HELIODORO   Isso é. Mas Citonho, eu não entendo como é que você sabendo tanto nunca passou de carcereiro. Porque você é inteligente pra burro.
CITONHO   Ah, meu filho, é porque não tive estudo. Se eu houvesse tido estudo, você ia ver: botava essa turma toda no bolso.
HELIODORO   Bebe mais um bocadinho. Aproveita, rapaz, que amanhã não tem mais.
CITONHO   Quero não, Heliodoro. Já estou aqui meio esquentado! Depois, gulodice não faz bem a menino, quanto mais a velho. (*Estende o copo.*) Bota sempre aqui um golezinho dessa gengibirra. (*Bebe.*)
HELIODORO   Ah, velho sem-vergonha.
CITONHO   Bota outro, Heliodoro. (*Ri.*) Bem que dizem que desgraça só quer começo. (*Bebe mais.*) Ah, vinho gostoso dos seiscentos diabos! Isso é bom é com uma pedrinha de gelo dentro. (*Nota de novo o silêncio na cela.*) Coitados dos presos. Beberam e comeram tanto que baixaram a crista.
HELIODORO   Eles ficaram foi cansados de sapatear lá dentro. Dançar homem com homem dá sono.
CITONHO   E logo Leléu, que nem gosta de mulher.
HELIODORO   Sabe que ele é taco no violão? É um condenado. Está aí, Citonho. É outro que, se tivesse estudo,

era o cão em figura de gente. Ali é muito crânio. O homem é um cuera, rapaz. Nunca pensei que ele arranjasse uma corda. E quando é hoje, vem Tenente Guedes e entrega uma corda desse tamanho para o desgraçado treinar. Como é que pode ser? Um homem como o Tenente Guedes!

CITONHO — Isso, com certeza, foi a moça Lisbela que pediu, Heliodoro. E lhe digo mais: se esse camarada não estivesse preso, eu não queria estar no lugar do doutorzinho.

HELIODORO — (*Rindo.*) Ah, velho danado! E ainda aparece quem diga que ele está caducando. Ah, ah, ah!

CITONHO — É!... Não tem uma vez que ela me encontre que não pergunte por ele. Agora, tem uma coisa, viu? Escreva o que eu estou dizendo. O Tenente deu essa corda hoje pra fazer os gostos da filha. Por causa do casamento. Mas amanhã ou depois ele toma. Conheço aquilo. Não sei como ele ainda não tomou o violão. (*Heliodoro continua rindo.*) Vai ver que também foi a moça que pediu. Mas que risada sem fim. Você está bom é de parar de beber.

HELIODORO — Sabe o que é que estou me rindo, Citonho? Se você não fosse um velho falador, eu lhe contava.

CITONHO — Contava o quê?

HELIODORO — Um segredo. Você não conta a ninguém?

CITONHO — Olha, Heliodoro. Quando um sujeito pergunta se a gente é capaz de guardar um segredo, é porque está doido pra contar. Desembucha logo.

HELIODORO — Citonho, um cara pode ser (*faz um gesto significativo à altura da testa*) enfeitado "antes" de casar?

CITONHO — Bem, isso sempre é depois, não é?

HELIODORO	Ah, não! Sempre, não. Que eu estou casado há quinze anos e minha mulher, graças a Deus...
CITONHO	Você não me entendeu. Eu estou dizendo que, quando isso acontece, geralmente é depois. Mas que há casos em que também é antes. (*Citonho compreende então a pergunta.*) Mas vem cá, Heliodoro. O que é que tem havido, esses dias, entre a moça... e ele?
HELIODORO	Você não fala a ninguém, Citonho? Olhe: não fale a ninguém, senão você me desgraça. Ela veio falar com ele, aqui, de madrugada.
CITONHO	Como?
HELIODORO	Fugiu de casa, quando todo mundo estava dormindo.
CITONHO	Quantas vezes?
HELIODORO	Três.
CITONHO	E você tirava ele da cela? Vou dar pra levar as minhas chaves pra casa!
HELIODORO	Não tinha perigo. Eu ficava perto, com o rifle em cima dele.
CITONHO	E o que é que você ganhou pra isso? Como é que ele arranjou esse negócio com você, Heliodoro? Você, um homem tão sério!
HELIODORO	Foi um trato, Citonho. Foi um trato. Você não fala a ninguém?
CITONHO	E eu estou caducando? Vou lá falar nisso?
HELIODORO	Ele arranjou um frade. Ali trancado, ele arranjou um frade pra me casar de mentira.
CITONHO	Quanto casamento é esse? Você pegou a doença?
HELIODORO	A mãe da morena só deixava eu ir pra esteira com a filha se um padre casasse a gente.
CITONHO	E o frade lhe casou de graça? Que frade safado foi esse?

HELIODORO   E eu conheço? Tinha uma barba que era isso e cobrou três mil cruzeiros. E depois desse trabalho todo, ela não era mais nada.

CITONHO   Não era mais nada, como?

HELIODORO   Não era mais nada. Já tinha perdido os quatro-vinténs.

CITONHO   Bem feito. Castigado pra não se meter a cavalo do cão depois de velho.

HELIODORO   Velho é você.

CITONHO   E você é menino? Pra andar com essas trampolinagens?

HELIODORO   Citonho, não me azucrine mais, não. Porque eu já ando tão aperreado.

CITONHO   Sua mulher já soube da maranha?

HELIODORO   Não, Citonho. Eu ando é com remorso no juízo de haver metido um padre nessa história. Você sabe que um pecado desse é capaz de não ter perdão? Mas o diabo me carregue, se não é o Tenente que vem lá.

TEN. GUEDES   (*Chegando vestido com um certo apuro interiorano.*) Senhores que venderam Cristo!

HELIODORO   O Tenente por aqui!

CITONHO   Deixar a festa!

TEN. GUEDES   É isso mesmo, Citonho. São deveres do ofício. A autoridade é um fardo. É ou não é, Heliodoro?

HELIODORO   Senhor?

TEN. GUEDES   A autoridade é ou não é um fardo?

HELIODORO   Um fardo?

TEN. GUEDES   Você parece que passou da conta na bebida, sabe? Como é que eu entrego a cadeia a você, e você se mete a beber dessa maneira?

HELIODORO   Mas Tenente!

TEN. GUEDES   Não tem Tenente nem meio Tenente. Se fosse

|||Citonho que estivesse bêbado, estava muito bem. Aliás, Citonho, Lisbela hoje me perguntou mais de uma vez por você. Vá calçar os seus botoques, mudar essa roupa e dar um abraço nela. Tomar parte na festa! Hoje quero ver todo mundo satisfeito.
CITONHO | Mas, Tenente, eu, aparecer na festa!
TEN. GUEDES | Não converse, Citonho. Já lhe disse o que havia de dizer. Você tem algum motivo pra não ir?
CITONHO | Deus me livre. O senhor sabe de uma coisa? Eu ainda cheguei a enxergar minha pavônia, a pavônia com que eu vou ser enterrado, sabe? Mas depois eu disse lá comigo: homem, festa é lugar de gente moça. Eu vou é me desapaventar!
TEN. GUEDES | Pois vá se apaventar outra vez e dê os parabéns à menina. Você precisa ver como ela está alegre.
CITONHO | Tenente, já está é meio tarde, não é?
TEN. GUEDES | Não converse mais, senhor. De lá, pode ir direto pra casa.
CITONHO | Não preciso mais voltar aqui?
TEN. GUEDES | Não. Mas aonde é que você vai?
CITONHO | Vou buscar as chaves lá dentro.
TEN. GUEDES | Que besteira é essa? Essas chaves toda vida não dormiram aqui?
CITONHO | É mesmo... E hoje, então, é que não faz medo mesmo elas ficarem aqui, não é?
TEN. GUEDES | Hoje, por quê?
CITONHO | Por causa do casamento...
TEN. GUEDES | Ah! Sim.
CITONHO | Bom, até logo.
HELIODORO | Dê parabéns à dona Lisbela e ao Doutor por mim, Citonho.
CITONHO | Farei presente. (*Sai.*)

TEN. GUEDES	Que velho horroroso pra falar. Qualquer conversa com ele é uma hora. Fala pelos cotovelos.
HELIODORO	Agora tem uma coisa: guardar segredo é ali.
TEN. GUEDES	Isso é o que você pensa. Aquilo é um bucho de piaba. Contou pra ele é mesmo que botar no jornal.
HELIODORO	E como é que ele nunca largou nada pra mim?
TEN. GUEDES	É justamente porque ninguém larga pra ele. Ou, então, porque ele acha que você não merece confiança. Ou, então, porque você não perguntou. Mas vamos deixar de conversa, que isso não tem importância. O que tem importância são outras coisas muito diferentes. Antes de tudo, quero que você me diga por onde anda o Soldado Jaborandi, que ainda hoje não lhe pus em cima os olhos que a terra há de comer.
HELIODORO	Está no cinema, chefe. Hoje não é dia de série?
TEN. GUEDES	E a que horas termina esse negócio?
HELIODORO	Lá para as dez e meia.
TEN. GUEDES	Muito bem. Heliodoro, hoje é um grande dia para mim.
HELIODORO	Eu sei, Tenente. Casou a sua filha direitinho com rapaz muito bom...
TEN. GUEDES	É. Quer dizer... (*Faz um gesto com a mão significando: não é lá grande coisa.*) Mas tem qualidades. E é um homem formado, isso vale alguma coisa.
HELIODORO	Se vale!
TEN. GUEDES	Os presos hoje foram dormir cedo.
HELIODORO	Os pirões que o senhor mandou pra eles...
TEN. GUEDES	(*Cortando.*) Não fui eu que mandei, Heliodoro. Foi minha filha. E foi também por causa dela que eu trouxe a corda pra esse sujeito do arame.

	A propósito: foi você que serviu de portador de um passarinho, um salta-caminho que esse tal de Leléu mandou pra ela?
HELIODORO	Eu, Tenente? Um Cabo de polícia! Não, senhor. Foi Juvenal que levou.
TEN. GUEDES	Bem, não importa. De qualquer maneira, ele não vai ter muito tempo para fazer mungangas em cima da corda bamba nem para mandar passarinhos de presente. As horas dele estão contadas, Cabo.
HELIODORO	Contadas, chefe?
TEN. GUEDES	E Citonho parece que estava adivinhando. Mas nós vamos abrir a cela dele, acordá-lo e tocá-lo para a outra. Quero ele sozinho numa cela.
HELIODORO	Tenente! É o homem que vem? O irmão da moça de Coripós?
TEN. GUEDES	É ele. Eu já estava começando a pensar que o desgraçado tinha desistido. Ou que havia perdido o rastro da raposa.
HELIODORO	E ele está na Vitória?
TEN. GUEDES	Chegou hoje de tarde.
HELIODORO	Logo hoje?!
TEN. GUEDES	Ele é sabido, Cabo. Na certa, soube do casamento e pensou: nesse dia, a cadeia vai ficar às moscas.
HELIODORO	(*Espantado.*) E se ele chegasse agora, só encontrava nós dois. Vou chamar os praças.
TEN. GUEDES	Não quero praça nenhum. É só você que vai ficar aqui. Entendeu? Você e mais ninguém.
HELIODORO	Mas eu, Tenente? Eu enfrentar sozinho uma onça daquela? O senhor quer ver minha caveira?
TEN. GUEDES	Deixe de ser tapado, Heliodoro. Quero a cadeia sozinha, entendeu?

HELIODORO	Tenente, o senhor quer que o preso morra?
TEN. GUEDES	Não quero nada, Cabo. Você está esquecido do seu posto? Que eu estou aqui pra mandar e você pra obedecer? Preste atenção às minhas ordens. A cadeia não tem duas saídas? Pois só vamos deixar uma, na outra você passa o cadeado. Quem entrar por uma porta não pode sair por outra. Está compreendendo? (*Gesto afirmativo do Cabo.*) Então pega Leléu, bota sozinho na outra cela e acende a luz. Está compreendendo? (*Novo gesto.*) Eu volto pra casa e dou folga aos soldados. E você deixa a cadeia só: se esconde aí na frente, por trás de um pé de pau, de rifle na mão.
HELIODORO	Pra que o rifle, Tenente? Pra que esse rifle?
TEN. GUEDES	Pra atirar em quem sair da cadeia, Cabo. Não é em quem entrar. Em quem sair!
HELIODORO	Tenente, e se eu errar?
TEN. GUEDES	Se você errar, pode contar como certo que eu arranjo a sua reforma. Ou talvez lhe meta na cadeia. Mas já pensou se você matar o cabra? Consigo-lhe uma promoção, dê no que der. Você deixa de ser Cabo Heliodoro. Já pensou? Vai ser o Sargento Heliodoro. Três divisas no braço, isso representa.
HELIODORO	Desse jeito, eu dispenso, Tenente.
TEN. GUEDES	Você é santo, é?
HELIODORO	Deus me livre e guarde.
TEN. GUEDES	Então, pelo menos, queira ser herói.
HELIODORO	De jeito nenhum. Quero, não.
TEN. GUEDES	Não quer o quê? Você parece que não tem patriotismo. Vai sair seu retrato em tudo quanto é jornal do Recife. Todo mundo vai

	lhe respeitar, quando souber que você liquidou um assassino perigoso como esse tal de Frederico Evandro.
HELIODORO	E os parentes dele, Tenente? Nunca mais vou ter sossego na vida. Esse pessoal é assim. Quem mata um, pode ter como certo que não escapa nem no fim do mundo.
TEN. GUEDES	Cabo Heliodoro, ouça de uma vez por todas. Não admito insubordinação, está ouvindo? Não quero mais ouvir conversa nem desculpa de natureza alguma. Se não quer se arrepender, siga-me! (*Entra na cadeia seguido a contragosto por Heliodoro. Acende a luz da cela dos presos, que está vazia.*) Os desgraçados fugiram! Como é que esses homens fogem, debaixo de suas ventas, e você não vê coisa nenhuma?
HELIODORO	Olhe o buraco lá em cima, Tenente. Eles fugiram com a corda que o senhor trouxe.
TEN. GUEDES	Cale-se! Atrevido! Pegue cinco ou seis rifles, corra lá em casa, chame os soldados do destacamento e procurem esses danados, que eles não podem estar longe. Que tempo faz que apagaram a luz?
HELIODORO	Umas duas horas.
TEN. GUEDES	Quanto?
HELIODORO	Uns vinte minutos.
TEN. GUEDES	(*Pondo a mão na testa.*) Um momento. Preciso pensar. Não, não vá lá em casa. Vai assustar o povo, na mesma hora todo mundo vai saber. Meu Deus, que ridículo! Me botaram na rua das amarguras. Eu não digo que a autoridade é um fardo? Olhe aqui: leve as armas e chame o pessoal, mas chegue lá como se nada houvesse

	acontecido. Compreende? Sorrindo!... Sorria. Não, assim, não: mais. Menos. Isso! Chame os praças, mas dizendo que é para fazer a ronda. (*Heliodoro pega as armas.*)
HELIODORO	E se o cabra chegar e lhe encontrar sozinho?
TEN. GUEDES	Não tinha pensado nisso. Acho que é melhor eu ir chamar os praças. Mesmo porque desperta menos a atenção, não é?
HELIODORO	O senhor querendo, eu fico.
TEN. GUEDES	Não. Um homem é um homem e um gato é um gato. Eu topo a parada. Mas veja como é que faz, hein? Nada de assanhar o povo.
HELIODORO	Como é que eu posso assanhar, Tenente? Estou tão armado que não posso nem atirar.
TEN. GUEDES	Não falo nisso. Falo no sorriso.
HELIODORO	Não se incomode, chefe. (*Sai com alguns fuzis debaixo do braço. Tenente Guedes corre, pega um fuzil e põe a bala na agulha. Entra Dr. Noêmio apressado, vestido de branco. Tenente Guedes, amedrontado, aponta-lhe a arma.*)
DR. NOÊMIO	Ai!
TEN. GUEDES	Como é que se entra assim na delegacia, Doutor? Está vendo? Quase que eu lhe passava a bala na titela.
DR. NOÊMIO	Onde?
TEN. GUEDES	Na caixa dos peitos.
DR. NOÊMIO	Ave Maria. Eu hoje estou de azar.
TEN. GUEDES	Azar? O senhor está é de sorte. Azar, Doutor, é o meu. Isso, sim, que é uma urucubaca.
DR. NOÊMIO	Tenente, então o senhor acha que não é azar eu me casar com a sua filha...
TEN. GUEDES	O quê?! O senhor tem o desplante de dizer que é um peso se casar com a minha filha?

DR. NOÊMIO — Não, Tenente. O azar que eu digo é o noivo, na hora de ir para casa, procurar sua noiva e não encontrá-la de jeito nenhum.

TEN. GUEDES — Como? Não encontrá-la?

DR. NOÊMIO — Sim. E, depois disso, eu não me admiraria nada de levar um balaço na titela.

TEN. GUEDES — E o senhor já foi na sua casa?

DR. NOÊMIO — Já.

TEN. GUEDES — E ela não estava?

DR. NOÊMIO — Não. O que eu encontrei foi uma gaiola aberta, em cima da cama de casal, com um bilhetinho assim: "O passarinho fugiu". Estou de azar ou não estou?

TEN. GUEDES — Meu Deus! "O passarinho fugiu"... Será que eles fugiram juntos?

DR. NOÊMIO — (*Rindo com ironia.*) Ah! Essa é engraçadinha. Lisbela e o passarinho fugindo juntos? O senhor parece que bebeu demais na festa.

TEN. GUEDES — Não estou falando em passarinho nenhum, Doutor! Falo nos presos. Não está vendo a cela aí vazia?

DR. NOÊMIO — Hein?... Não, isso não pode ser.

TEN. GUEDES — Ora não pode. Pode, e eu vou lhe dizer mais: o senhor bem que merecia isso. Por que cargas--d'água não pegou logo sua mulher e levou pra casa às sete da noite? Ficou lá feito uma leseira, dançando valsinhas e fazendo discursos idiotas? Agora, vai ver que ela fugiu com esse mequetrefe.

DR. NOÊMIO — Tal coisa é um absurdo. Minha esposa não ia se prestar para isso.

TEN. GUEDES — Pois você quer que lhe fale com franqueza? Acho que ela é capaz de coisas que nenhum de nós imagina.

DR. NOÊMIO Disso, não. (*Entra Lisbela, de calças, mal disfarçada de homem.*) Lisbela, minha querida. Já a procurei por toda parte. Mas por que é que você está vestida assim?

LISBELA (*Olhando vagamente a cela vazia.*) Ele fugiu?

DR. NOÊMIO Por que é que você está vestida assim, Lisbela?

LISBELA Quero saber se ele fugiu.

TEN. GUEDES Fugiu. *Fugiram.* E vai ver que você sabia.

LISBELA Eu ia com ele.

TEN. GUEDES O que foi que eu lhe disse, Doutor? Eu não lhe disse?

DR. NOÊMIO Lisbela! No dia do nosso casamento?!

LISBELA Eu disse a meu pai que não queria mais você para marido. E ele asseverou que os casamentos felizes são assim. Que o bem-querer vem depois.

DR. NOÊMIO E você vai deixar de querer bem a mim, Lisbela, pra querer a um sujeito como aquele? Um desclassificado?

LISBELA Pra querer, não. Pra ir com ele, com nome, corpo, sangue, coração e tudo!

DR. NOÊMIO Um bangalafumenga, um joão-ninguém. Um vagabundo daquele!

LISBELA Ele não é nada dessas coisas. É um homem, isso sim.

DR. NOÊMIO Tenente! O senhor sabia disso?

TEN. GUEDES De quê? Que ele é um homem?

DR. NOÊMIO Não, que diabo! Estou perguntando é se o senhor sabia dessa história.

TEN. GUEDES Será possível? O que é que o senhor pensa que eu sou, Doutor? Um alcoviteiro?

LISBELA Se soubesse, perseguiria o pobre, muito mais do que vinha perseguindo.

TEN. GUEDES   Eu não perseguia nada. Era um preso e, além do mais, muito atrevido.

LISBELA   (*A Dr. Noêmio.*) Eu ia tentar. Ia tentar ser uma boa esposa pra você. Ia tentar até deixar de comer carne, ia tomar cuidado pra seu almoço de folhas não murchar. Mas *ele* havia dito que, no dia que mandasse o passarinho, eu devia esperá-lo vestida de homem. E que, se ele chegasse antes, esperava por mim.

TEN. GUEDES   Onde?

LISBELA   Não vou ajudar o senhor a encontrá-lo.

TEN. GUEDES   Ele enganou você. Submeteu você a essa humilhação. Deixou-a esperando na estrada, feito uma cachorra.

LISBELA   Talvez ele não pudesse passar.

TEN. GUEDES   Ele não quis. Não está vendo que não ia sair pelo meio do mundo com você? Para ser preso em vinte e quatro horas? Antes só do que só e acompanhado, todo mundo sabe disso. Ele usou você para obter a corda. Para me humilhar, para me expor no ridículo.

LISBELA   Não, ele não me usou pra nada. Vocês é que estavam me usando. Ele me quer, me quer bem. Pra ele eu não era uma filha, não uma mulher casada nem solteira. Era mulher, mulher, mulher!

DR. NOÊMIO   E pra mim?

LISBELA   Pra você eu sou feito um diploma. Com carimbo, pregado na parede.

DR. NOÊMIO   Não é nada disso, Lisbelinha. É minha esposa e devia estar em casa. Por que você foi?

LISBELA   Porque eu tinha de ir. Não podia não ir. Fui com glória! Eu fui feito um andor, na frente de uma procissão.

DR. NOÊMIO   Você está variando. Isso é uma profanação.

LISBELA   Fui com banda de música. Quando vi aquele passarinho na gaiola... Pensei que minha vida inteira, se eu ficasse, ia ser assim, vida de triste, de quem desejou, de quem quis de corpo e alma e, mesmo assim, não fez. Aí, eu fui. Fui e vou toda vez que ele me chame. Não precisa nem que ele me fale. Nem que me olhe. Basta estalar os dedos. Vou feito cão. Mas coroada, vocês me compreendem? Feito uma rainha!

TEN. GUEDES   Essa criatura está louca varrida.

DR. NOÊMIO   Isso tudo foi uma ilusão, Lisbela. A última de sua vida de solteira.

LISBELA   Ilusão nenhuma! Foi real! É real!

DR. NOÊMIO   (*Perdendo as estribeiras.*) Bolas! Tenente, o senhor está vendo? É isso o que se lucra em ser boa pessoa. Tenho passado minha vida toda andando na linha, tratando todo mundo bem, sem fazer mal a uma mosca, nem carne eu como, para no fim de tudo levar uma dessa na cabeça. Isso é justiça, Tenente? O que foi que eu lucrei?

TEN. GUEDES   O senhor ainda me vem falar em lucro. E o que eu tenho gasto com essa criatura? E o que eu tenho zelado por essa criatura? E os oitenta e tantos vidros de Elixir de Nogueira que eu tomei pra me nascer essa criatura? Quem é que levou a cacetada maior, Doutor? Foi o senhor ou fui eu?

HELIODORO   (*Entrando com soldados, além de Testa-Seca e Paraíba, que estão sujos e apresentam algumas escoriações.*) Pronto, Tenente. Aqui estão os homens.

TEN. GUEDES   Deus seja louvado. Até que enfim aconteceu alguma coisa boa.

HELIODORO	Foi o serviço mais fácil que eu já tive na minha vida.
DR. NOÊMIO	E o outro? Morreu?
TESTA-SECA	Doutor, se o senhor perguntar por ele outra vez, garanto como lhe dou uma dentada.
TEN. GUEDES	Onde é que está o outro?
JUVENAL	É o seguinte, Tenente. Ele pegou o violão, tirou as cordas...
TEN. GUEDES	(*Entredentes.*) Cordas! Não me fale em cordas.
JUVENAL	... Quebrou...
TEN. GUEDES	Quero lá saber de violão? Quero saber se ele morreu. Morreu?
JUVENAL	O corpo de delito?
TEN. GUEDES	Corpo de delito, uns tomates. O outro preso, senhor. Ele bateu as botas? Bateu o trinta e um? Entregou a alma a Satanás? Morreu?
JUVENAL	Não, senhor. Fugiu.
TEN. GUEDES	Seu Heliodoro! Seu imbecil! Isso é uma meleca. Como é que eu mando o senhor prender os homens e o senhor prende esses dois merdas e me deixa fugir o cabeça?
TESTA-SECA	Respeite as caras, Tenente!
TEN. GUEDES	Respeitar coisa nenhuma. Eu ainda estou elogiando, que vocês não valem nem o que o gato enterra. Sozinhos, vocês morriam de velhos e não fugiam daqui dessa cadeia. (*Ouve-se a corneta: Jaborandi, no cinema, tocando silêncio.*) Mas espere... Que diabo é aquilo?
HELIODORO	É Jaborandi, Tenente.
TEN. GUEDES	E transferiram a delegacia, foi? A delegacia agora é no cinema?
HELIODORO	Foi Leléu que deu esse conselho a ele.
TEN. GUEDES	Quem?

HELIODORO   Leléu.
TEN. GUEDES   Conselho de quê?
HELIODORO   De tocar silêncio no cinema, porque Jaborandi toda semana perdia um pedaço da série.
TEN. GUEDES   Ainda mais essa. O miserável foge e ainda deixa confusão atrás. (*Dirigindo-se a dois soldados.*) Vocês dois, vão a passo acelerado no cinema e tragam seu Jaborandi preso, com corneta e tudo, tenha terminado ou não a série. Vão e voltem nos mesmos pés. (*Os dois soldados saem trotando.*) E o senhor, seu Heliodoro? Como é que não me trouxe o homem?
TESTA-SECA   Ora, que besteira, Tenente. Não trouxe porque não pôde.
TEN. GUEDES   Cale-se.
TESTA-SECA   Não me calo. Eu aqui porreta da vida, por que é que eu vou calar?
TEN. GUEDES   Juvenal, dê o serviço, meta a coronha na boca desse cabra.
TESTA-SECA   Não caia na besteira, Juvenal. Senão, "vai ter" aqui dentro.
TEN. GUEDES   (*Erguendo a mão.*) Insubordinado!
PARAÍBA   Não bata, não, chefe. Do jeito que nós estamos, topamos qualquer parada. O cara tapeou nós dois, o caso é esse.
TEN. GUEDES   Vocês não fugiram juntos?
PARAÍBA   O plano era arribar com tempo de pegar o trem. A gente não tinha dinheiro. Entendeu? Ele garantiu que ia reto em cima dos cobres, quando a gente saísse.
TEN. GUEDES   E quando saíram, ele não tinha nada. Ou só tinha dinheiro pra ele. E correu e deixou vocês na mão.

PARAÍBA	E ele estava com a moléstia dos cachorros? Correr da gente numa hora dessa? Quebrou o violão e dentro não encontrou foi nada. Só um maço de papel amarrado com cordão. Aquilo é um... Desculpe, dona. Deu a entender que um de nós dois – ou os dois – tinha descoberto o maço de dinheiro, roubado e metido o maço de papel lá dentro. Quem é que podia descobrir que, dentro do violão, tinha dinheiro? Só se a gente fosse adivinhão.
TESTA-SECA	(*Meio choroso.*) Disse que era fraco, não podia brigar com Paraíba e eu.
PARAÍBA	E que se conformava porque era o jeito, mas não podia mais continuar com a gente. A gente não tinha a gaita? Pois viajasse, ele ia se arranjando por aqui.
TESTA-SECA	(*Ainda meio choroso.*) Deixou nós dois ali, feito dois bestas. E foi embora. Como esse cara não presta, é safado, eu pensei que fosse ele que tivesse roubado Leléu e quisesse me enganar.
PARAÍBA	Quem disso cuida disso usa.
TESTA-SECA	E você não pensou que fosse eu?
PARAÍBA	Pensei que você tinha tirado pra nós dois. Pra tapear o cabra e a gente separar-se, e não precisar dividir nada com ele. Mas quando você me pediu metade do dinheiro, eu só podia pensar que você queria me fazer de otário. Aí, meti-lhe a mão. Botei sua cara pra trás.
TESTA-SECA	Ele que botou a gente pra trás. Isso sim.
TEN. GUEDES	Mas como é que ainda existe no mundo quem caia numa dessa? (*Lisbela começa a rir nervosamente.*) Como é?
DR. NOÊMIO	(*Segurando-a.*) Lisbela! Lisbela!

LISBELA	Solte-me.
PARAÍBA	Só quando a gente ouviu o trem, o apito, foi que descobriu tudo.
TESTA-SECA	(*Chorando.*) Aí, a gente correu pra estação, mas o trem era de passageiro. Aaaai! (*Lisbela continua rindo.*)
TEN. GUEDES	E o que é que pode haver de tão triste em um trem ser de passageiro?
TESTA-SECA	(*Sempre chorando.*) Como é que a gente podia viajar, se não tinha nem um vintém furado no bolso?
TEN. GUEDES	Eu não dizia, toda vez que eu entrava aqui, que vocês dois tinham cara de enrolados? Burros! Serem engalobados desse jeito!
PARAÍBA	(*Sapateando de raiva.*) Aaaah! E o senhor é sabido, chefe? O senhor é sabido? Vou lhe dizer uma coisa, seu besta, curta e certa. Nós dois somos burros, mas o senhor também é. Não fui eu nem Testa-Seca que deu a corda pra ele. Nem que mandou prender o corneteiro, em lugar de caçar aquele peste do Leléu. O senhor também é o-re-lhu-do. (*Lisbela ri mais.*)
TEN. GUEDES	Está vendo, minha filha? (*Com a dignidade ofendida.*) Deixe de risada e veja a que ponto eu cheguei. Tudo por sua causa. Heliodoro, meta esses revoltosos na chave. (*Heliodoro cumpre a ordem, com os dois presos sob a mira do fuzil de Juvenal.*) Eu bem que queria tomar aquele violão. Bem que queria não dar aquela corda. Eu tinha nada que ele precisasse de treinar ou não? Foi por sua causa, Lisbela, que sucedeu isso tudo. Você traiu seu pai. (*Brada erguendo os braços para o céu.*) Fui traído!

LISBELA	(*Séria.*) E Leléu? O senhor não presta. A moça de Coripós esteve lá em casa, e o senhor não disse uma palavra a ele. Um assassino jurou vir aqui matá-lo, e o senhor não disse nada a ele. E até mandou diminuir a guarda.
TEN. GUEDES	Isso é mentira. O desgraçado, na certa, andou soprando a você essas mentiras.
LISBELA	É verdade. É verdade! (*Entra Jaborandi, acompanhado dos dois soldados, contando a série, e só dá com o Tenente no último instante.*)
JABORANDI	Tenente! Perdoe essa falta, Tenente. Pelo amor de sua filha.
TEN. GUEDES	Não diga uma palavra. Bote a corneta e o seu revólver aí e meta-se nas grades.
JABORANDI	Mas Tenente, os homens fogem e eu vou preso? Tudo que acontece aqui, eu sou o bode respiratório?
TEN. GUEDES	Cale-se, antes que eu perca a paciência. Cinema é lá lugar de se tocar silêncio, seu idiota? Será que todo mundo hoje combinou pra me fazer de palhaço? Marche! (*Jaborandi põe a corneta e a arma em cima da mesa. Ouvem-se pisadas de cavalo e Jaborandi se dirige para a cela vazia. Enquanto está sendo trancado, aparece Leléu. Os soldados se atarantam com as armas, tomados de surpresa.*)
LELÉU	Nada de alvoroço. Calma, calma, minha gente. Eu vim me entregar.
TEN. GUEDES	Metam bala no homem antes que ele fuja!
LISBELA	Não! (*Silêncio.*) Leléu, você não pôde ir?
LELÉU	Pude. Estou com dois cavalos aí fora. Mas era grosseria eu ir com a senhora.
LISBELA	Não precisa continuar me chamando de senhora.

LELÉU	Pra mim, é o que a senhora há de ser sempre. Chamar "você" é um exagero, não mereço tanto.
DR. NOÊMIO	Por que você não foi embora, rapaz? Por que voltou?
LELÉU	Por causa de dona Lisbela, Doutor. Pra ficar perto do chão onde ela pisa.
LISBELA	Você podia ouvir minhas pisadas junto de você a vida toda. Por que não me levou?
LELÉU	Porque a senhora não merece a incerteza da minha vida. Não tenho eira nem beira, que trono lhe podia oferecer?
LISBELA	Você sabe que eu não me importava. Que eu largava tudo por você.
TEN. GUEDES	Isso é conversa. Por que você voltou? Diga a verdade.
LELÉU	Voltei pra morrer, chefe. Pra morrer de bala. E pra dona Lisbela saber, pelo resto da vida, que eu morri por causa dela.
TEN. GUEDES	Você voltou porque não tinha dinheiro, não foi mesmo? E porque, sem dinheiro, você não podia ir muito longe. Não foi isso?
LELÉU	Eu tenho dinheiro.
TEN. GUEDES	Mostre.
LELÉU	(*Tirando o dinheiro do bolso.*) Está aqui. Minha comissão num troço que arranjei.
HELIODORO	Que troço?
LELÉU	Seu casamento.
TEN. GUEDES	Casamento de quem? Heliodoro se casou de novo?
LELÉU	Oi, não?
TEN. GUEDES	Heliodoro! Você! Se sua mulher souber disso!
HELIODORO	Tenente! Eu não disse ao senhor que não quero ser santo? E nem ver meu retrato no jornal?...
TEN. GUEDES	Pronto. Já não está aqui quem falou.

HELIODORO	Frade sem-vergonha.
LELÉU	E você pensava mesmo que aquele sujeito era frade?
HELIODORO	Não era, não?
LELÉU	Ora...
HELIODORO	Quer dizer que eu fui enrolado?
LELÉU	Demais. Pergunte por quê. Você não estava enrolando a mãe da moça?
HELIODORO	Graças a Deus! Vou contar a Citonho.
TEN. GUEDES	Que alegria é essa? Eu quero ver, aqui, ninguém alegre! Fique triste! (*Breve pausa.*) Tranque o homem.
JUVENAL	(*Apontando minuciosamente.*) Nesta cela aqui, onde Jaborandi está preso porque tocou silêncio no...
TEN. GUEDES	Deixa de ser confuso. (*Indica a cela dos outros presos.*) É nesta aqui, com os outros.
LISBELA	Pai! Isso é o mesmo que matá-lo.
TEN. GUEDES	Com os outros, já disse.
LISBELA	Isso é crime. Isso é crime.
TESTA-SECA	Tem de ser com a gente. Pedido de mulher não vale!
LISBELA	Meu pai: se ele morrer, eu digo a todo mundo que o senhor foi o culpado.
TEN. GUEDES	Leve sua mulher para casa, Doutor. Seja homem ao menos uma vez na vida.
LISBELA	Por que o senhor não tenta me levar?
CITONHO	(*Entrando metido numa roupa de casimira meio surrada.*) Boa noite, minha gente. Cadê o tocador de corneta? Eu soube que ele foi preso. (*Vendo Lisbela.*) Mas espere: isso é dona Lisbela? (*A Leléu.*) E você, rapaz? Tomando fresca aqui do lado de fora?

LELÉU	Citonho! Você está é lorde. Parece o Conde de Monte Cristo.
CITONHO	Nada! Quem sou eu...
TEN. GUEDES	Eu disse ao senhor, seu Citonho, que não precisava voltar.
CITONHO	Disse. E daí?
TEN. GUEDES	Isso já é hora de velho estar na cama. Você não tem nada que fazer aqui.
CITONHO	Mas o sujeito, depois que fica velho, todo mundo quer mandar na gente. Que cábula! Não vou dormir agora, e acabou-se.
TEN. GUEDES	Afinal de contas, vou tolerar sua insubordinação, porque você já está caducando.
CITONHO	Caducando o diabo que o carregue! Ora que eu já vivo abusado com essa história de todo mundo dizer que eu vivo caducando! Não estou caducando e não vou embora porque não quero. Pronto.
LISBELA	Citonho, meu pai quer botar Leléu aí com esses homens, para ele ser morto pelos dois.
LELÉU	Eu caí fora, Citonho. E tapeei os dois. E agora estamos os três aqui de novo.
CITONHO	E essa roupa de homem é porque a senhora também ia?
LISBELA	Era, sim.
CITONHO	(*Rindo gostosamente.*) Eu não disse, Doutor, que essa aí não tem homem que amanse? Vai morrer de velha assim: danada!
DR. NOÊMIO	E que graça tem isso? Não vejo graça nenhuma.
CITONHO	Não tem pra você. Mas, pra mim, tem.
LISBELA	Meu pai, vou lhe fazer um último pedido. Estão lá fora os cavalos. Deixe eu ir embora com Leléu.
LELÉU	Moça!

DR. NOÊMIO	Você não está no seu juízo, Lisbela.
CITONHO	Como é que não está? O juízo dela é assim mesmo.
LISBELA	É a última vez que eu lhe faço um pedido, meu pai. Deixe eu ir embora com esse homem.
TEN. GUEDES	Se você me pedir isso outra vez, eu dou-lhe de chibata aqui, na frente de todo mundo.
CITONHO	Só depois de passar por cima do meu cadáver.
TEN. GUEDES	É o que você já é: um cadáver ambulante.
CITONHO	Pois experimente dar nessa menina, que o Tenente vai ver com quantos paus se faz uma jangada.
TEN. GUEDES	Ainda mais essa!
LISBELA	Pela derradeira vez, meu pai, deixe eu ir com ele.
TEN. GUEDES	Galinha! (*Lisbela, num gesto rápido, apanha a arma de Jaborandi em cima da mesa e sai correndo. Dr. Noêmio e Tenente Guedes vão segui-la, mas não chegam a fazê-lo, pois, assim que ela desaparece, surge Vela de Libra de arma na mão.*)
FREDERICO	Vamos pra trás, minha gente. Vamos pra trás. Mas que coisa bonita isso aqui. Parece reunião de família.
TEN. GUEDES	Que é que você quer?
FREDERICO	Você, não, que eu não sou seu parceiro. Me trate de senhor. Liás, pelas suas feições de jumento, estou vendo que o senhor é o delegado.
TEN. GUEDES	Pois é.
FREDERICO	Então, fique pra lá, que eu tenho mais raiva de delegado do que cachorro doido. Pra dar um tiro num, é como quem vai ali e já volta.
TEN. GUEDES	Eu já sei o que é que o senhor quer. Pode levar esse homem, mas me deixe sair. Minha filha

	está correndo perigo. Se eu não for depressa, talvez vá encontrá-la morta.
FREDERICO	E eu com isso?
JABORANDI	Não tem muito perigo não, Tenente.
FREDERICO	Cale a boca, *macaco*. E você, delegado, passe mais pra trás, se não quer que eu lhe saque a moela.
TEN. GUEDES	Seu negócio não é com esse homem? Pois vá embora com ele e me deixe sair.
FREDERICO	Que gente camarada, essa daqui! Até parece que estavam me esperando. Vim visitar um homem e encontro ele fora, com dois cavalos de luxo me aguardando... Tudo querendo que eu seja despachado logo...
TESTA-SECA	Cadê sua força moral, Tenente? Cadê sua força moral?
FREDERICO	Deixe de zoada. Parece um bezerro desmamado.
LELÉU	Eu não vou com você.
FREDERICO	Acabe com besteira, menino. Não gosto de dever favor. Você já me fez um, eu agora faço outro: vou tirar você desse chiqueiro. (*Para Citonho.*) Velhinho, você que não é de nada, meta esses homens na chave.
CITONHO	Não é de nada, o quê? Que é que você está pensando? Porque está me vendo velho, pensa que eu não tenho coragem?
FREDERICO	Pela sua cara, você ainda tem uns quinze anos pra fazer besteira. Quer ver a Deus antes de ser chamado?
LELÉU	Não teime, não, Citonho. Ele lhe mata mesmo.
FREDERICO	Isso é que é juízo. Mas eu também tenho. Todo mundo tire o paletó. (*Ao delegado.*) Primeiro, você, chefe. Dê uma voltinha. (*O delegado*

obedece.) Hum... É até quartudo. Desarmado, pra dizer que tem coragem. Está-se vendo que não tem, é frouxo. (*Ao Doutor.*) Você também, seu amarelo de Goiana. (*Aos soldados.*) E vocês. Vamos, podem tirar o pijama. (*Dr. Noêmio tira o paletó e joga-o no chão. Os soldados fazem o mesmo com os dólmãs.*) Vamos logo. Agora, velho, chave com esse pessoal. (*Citonho hesita.*)

LELÉU — Não tem outra saída, Citonho. (*Citonho se dirige, resmungando, para a cela de Jaborandi.*)

FREDERICO — Pra onde é que você vai?

CITONHO — É pra prender ou não é?

FREDERICO — Aí, não. Quero tudo na outra cela, com esses dois sem-vergonhas. Pra desmoralizar.

CITONHO — Mas ali!

LELÉU — Obedeça, Citonho.

FREDERICO — E obedeça depressa, que eu estou vexado.

CITONHO — Vou obedecer por causa do rapaz. (*Prende o pessoal.*) Porque, fique você sabendo, eu tenho coragem pra mamar em onça.

FREDERICO — Só se for em onça morta. Sacuda as chaves. (*Citonho as joga, Frederico Evandro as apara.*) Agora vamos, menino. Vamos nós dois por esse meio de mundo.

LELÉU — Você vai me matar aqui, Frederico Evandro.

FREDERICO — Que pensamento triste. Vamos embora, senhor.

LELÉU — Você vai me matar e arrancar minha cabeça aqui. Eu sei que você é irmão de Inaura!

FREDERICO — Mas minha gente! Não é que notícia ruim corre depressa mesmo?

LELÉU — Você prometeu matar um inimigo meu.

FREDERICO — Pois é.

LELÉU	E por que não se mata?
FREDERICO	Ai, minha gente!... Ele está variando.
LELÉU	Então, você não tem palavra.
FREDERICO	Palavra, eu tenho. Mas juramento vale mais do que promessa. Jurei lavar minha honra e vou lavar. Mas, pra você não dizer que eu sou mal-agradecido, vou te soltar primeiro. Você não vai morrer numa cadeia.
LELÉU	O que se fez, se fez. Você matar-me não vai consertar nada.
FREDERICO	Para com a tagarelice. Não sabe que eu não posso perder tempo?
LELÉU	Está bem.
CITONHO	(*Ficando na frente de Leléu.*) Não vá, não, Leléu.
LELÉU	Deixe disso, Citonho.
CITONHO	Não vá, meu negro.
FREDERICO	Velho, não me tire a paciência. E fique sabendo que você aí na frente e nada é a mesma coisa. Atravesso você que nem um pão de ló.
TEN. GUEDES	Deixe ele ir, Citonho.
CITONHO	Não.
FREDERICO	Velho só serve pra atrapalhar. Vou contar até cinco.
TEN. GUEDES	Não faça besteira, Citonho.
FREDERICO	Um... dois... três... (*Quando vai contar quatro, Leléu empurra Citonho para livrá-lo do tiro. Na realidade, ouve-se um disparo, mas é Vela de Libra que cai. Entra Lisbela com a arma de Jaborandi na mão. Tem um ar vazio.*)
LELÉU	Lisbela! Você!
TEN. GUEDES	Ave Maria! Meu Deus! Citonho, traga logo as armas para os homens, pra esses dois ladrões não tentarem fugir. (*Citonho obedece rápido, Lisbela e Leléu entreolham-se.*) Agora pegue as

	chaves e abra aqui depressa, antes que a delegacia fique cheia de gente. Com um tiro desse, não falta quem apareça aqui. (*Citonho cumpre a ordem, nervosamente.*)
LELÉU	Lisbela! Minha bandeira brasileira!
TEN. GUEDES	(*Aos soldados.*) Vamos, todos vocês, peguem os fuzis e corram lá pra fora. Atirem para o ar. Você também, Heliodoro, corra. Digam que estão festejando qualquer coisa. Que dia é hoje? Digam que estão festejando o casamento. (*Saem o cabo e os soldados. Citonho vai abrir a cela de Jaborandi.*)
DR. NOÊMIO	Mas Lisbela, Lisbela, pra que você fez isso?
LISBELA	Se não fosse ele, era eu. O que me salvou foi que, pela conversa da moça, lá em casa...
TEN. GUEDES	Você ouviu?...
LISBELA	Ouvi, meu pai. Ouvi. (*Pipocam alguns tiros lá fora. Gritos dos soldados.*) Pela conversa dela... Eu já ia longe, quando atinei que isso aí era o irmão da tal de Inaura.
JABORANDI	Aí chumbo nele. (*Ao defunto.*) Mas quebraste o rabicho direitinho, hein? (*Voltando-se para os outros.*) Isso é que é um peso danado. Porque meu revólver...
TEN. GUEDES	O que é que você está fazendo aqui? Não sabe que a ordem é pra fazer barulho?
JABORANDI	Fazer barulho? E eu já não toquei silêncio?
TEN. GUEDES	Então, toque alvorada... e meta bala pra cima.
JABORANDI	Mas Tenente, e eu nunca atirei na minha vida!
TEN. GUEDES	Então, dane-se, vá bestar no inferno. Pegue sua buzina e vá tocar seja o que for no meio dos tiros. Toque mineiro-pau. E diga àqueles cretinos que eu mandei atirar mais longe da

	delegacia. Vá logo, desapareça, antes que eu lhe meta de novo no xadrez. (*Jaborandi pega a corneta e sai. Logo depois ouve-se a sua corneta. E os tiros vão soar mais longe.*)
LELÉU	(*Tomando a arma de Lisbela e colocando-a num banquinho, relativamente perto dos presos.*) Nosso destino está resolvido. Agora só tem um jeito.
TEN. GUEDES	Só tem um jeito: é esconder o morto.
DR. NOÊMIO	Mas esconder onde? Um morto desse tamanho?
TEN. GUEDES	Não é maior do que os outros, Doutor. Onde é que se guarda defunto, não é debaixo da terra?
DR. NOÊMIO	É.
TEN. GUEDES	Então, pronto. Contanto que ninguém saiba que esse miserável foi morto.
TESTA-SECA	(*Afoito.*) E vocês estão pensando que esse negócio vai ficar por isso mesmo, é?
PARAÍBA	Com dez contos de réis, a gente vai embora e cala o bico, chefe. Agora é a nossa vez.
DR. NOÊMIO	Isso é chantagem. Vocês vão embora e depois voltam pedindo mais dinheiro. *Optarum causa*, é inútil fazerem essa proposta.
TEN. GUEDES	Mas é preciso salvar minha filha da cadeia. E também desse nome de assassina. Isso é um nome horroroso.
TESTA-SECA	Não adianta, meu chefe. Ela tem de pagar. Matou o pobre homem pelas costas.
TEN. GUEDES	Que pobre que nada! Uma fera dessa, com um revólver que não tinha mais tamanho! Olhem aqui, eu trato vocês bem durante uma semana. Depois acerto a fuga dos dois.
PARAÍBA	E a gaita?

TESTA-SECA	Não interessa gaita. Eu não fujo daqui, não quero dinheiro, não quero nada. Eu quero é justiça.
DR. NOÊMIO	E você sabe o que é justiça, seu ignorante?
TESTA-SECA	Sei mais do que você. Só porque estudou, pensa que sabe tudo.
CITONHO	Tenente, posso dar um parecer? O senhor pode comprar o silêncio desses homens. O meu, eu dou de graça, até a hora da morte. Mas tem ainda os soldados, é gente demais pra guardar um segredo.
PARAÍBA	Ora, que besteira desse velho! A polícia de Pernambuco é assim, é? E os soldados são safados? Vá enterrar o homem, Tenente. Amanhã o senhor conversa comigo e Testa-Seca.
LELÉU	(*Aos presos.*) Vou fazer um favor a vocês, pra nenhum dos dois dizer que não lucrou nada comigo. Recebam o dinheiro do Tenente Guedes e fujam. Mas fiquem certos como ele vai mandar segui-los e encher os dois de bala. Esse é o plano dele.
TEN. GUEDES	(*Avançando.*) Cachorro!
LISBELA	Meu pai! (O *delegado se contém. Paraíba faz um sinal a Testa-Seca indicando o revólver. Ambos olham a cela em busca de um objeto comprido.*)
LELÉU	Dona, vamos embora comigo. Agora, sou eu que quero ir.
LISBELA	Eu matei um homem.
LELÉU	Isso não era homem. E depois, ele ainda estava vivo, mas era o mesmo que já estar morto. Eu não tinha salvado essa desgraça?
DR. NOÊMIO	Ela não vai com você. Ela é minha esposa.
LELÉU	A senhora tem de desaparecer. Sabe essa gente

	(*aponta o morto*) como é. Sempre tem um na família que aparece pra vingar a morte deles. Vamos embora comigo, não me custa mudar outra vez de nome e profissão.
DR. NOÊMIO	E de mulher.
CITONHO	Doutor! (*Testa-Seca encontra uma vassoura.*)
DR. NOÊMIO	Doutor... Doutor... O senhor está com essa calma toda, porque não se encontra na minha situação: casar para no mesmo dia perder a mulher.
CITONHO	E eu não ia perdendo a vida?
DR. NOÊMIO	Grande vida. Quantos anos o senhor pensa que ainda vai viver?
CITONHO	Aí uns dois, não é? Mas bem que servem.
DR. NOÊMIO	Ah! Esses médicos daqui, não. Mas pegue um trem e vá a um especialista no Recife. Se ele lhe der mais de um mês de vida, eu entrego meu pescoço à forca.
CITONHO	(*Furioso.*) Mas essa é boa. Essa era só o que faltava. Eu sair daqui, ir para o Recife para ser desenganado, só mesmo da cachola de um Doutor podia sair semelhante ideia.
TEN. GUEDES	Acabem com essa discussão idiota.
CITONHO	Deixe terminar. Porque esse negócio de comer folha está fazendo o Doutor ficar com pensamentos de carneiro.
DR. NOÊMIO	Tenente, considero-me afrontado. Esse carcereiro está passando da conta. Penso que já é tempo de dar-lhe uma repreensão.
TEN. GUEDES	O senhor pode estar certo de uma coisa, Doutor. De hoje em diante, eu não vou ter autoridade nem pra espantar um gato, quanto mais pra repreender ninguém.

CITONHO	Isso mesmo, Tenente.
TEN. GUEDES	Não pedi a sua opinião. Pedi?
LELÉU	Então? A senhora vai?
CITONHO	Vai. E por que não?
TEN. GUEDES	Você só pode estar endoidecendo. Como é que sabe que Lisbela vai? E quem lhe disse que o preso não fica?
CITONHO	Tem outro jeito não, Tenente. Eles precisam ir. Se a moça não desaparecer, mais dia menos dia chega aqui alguém para vingar o finado Frederico Evandro. Se ela não for com Leléu, morre.
LISBELA	Mesmo sem isso, eu queria ir. Debaixo ou em cima da terra, sem ele eu estou morta.
DR. NOÊMIO	Ele vai lhe abandonar, Lisbela. Como abandonou as outras.
LISBELA	Não me importa. Quero queimar minha vida de uma vez, num fogo muito forte. Quero ir.
TEN. GUEDES	Lisbela!
LISBELA	Quero ir. Nunca serei feliz como esta noite, junto dele ouvindo nas estradas as batidas dos cascos dos cavalos.
TEN. GUEDES	Seja feliz... se puder.
DR. NOÊMIO	Tenente! (*Lisbela e Leléu só para o velho Citonho têm um gesto de afeição. Lisbela toma a mão de Leléu. Vão saindo.*)
TEN. GUEDES	Acabou-se. Está vendo, Dr. Noêmio? Assim como são as pessoas são as criaturas.
CITONHO	Aqueles dois vão dar certo: é o testo e a panela.
DR. NOÊMIO	E eu? O que foi que eu ganhei em ser decente? É isso. Também agora vou dar pra comer carne e ser um vida torta.
TEN. GUEDES	Não adianta, meu filho.
DR. NOÊMIO	Como é que não adianta?

TEN. GUEDES	Não adianta. Quem nasce pra cangalha nunca bota sela, entendeu? Quem nasce para o chouto não galopa nunca. E quem nasce mofino desse jeito não desenvolve nem no dia do Juízo.
DR. NOÊMIO	Muito obrigado pela lição, Tenente. Boa noite. Amanhã, vou entrar na justiça com uma anulação de casamento. Erro essencial contra a pessoa. Aliás, contra mais de uma pessoa.
CITONHO	Isso, Doutor.
DR. NOÊMIO	(*Vai sair. Para ao ouvir as pisadas dos cavalos que se afastam velozes.*) Mande suspender o tiroteio, por favor. Que é capaz de vir uma bala doida e furar minha testa. Eu já estou com dor de cabeça!
TEN. GUEDES	(*Grita para fora.*) Parem com esses tiros! Parem com esses tiros! (*Obedecem. O Doutor sai.*) Seu Citonho, cada vez eu me convenço mais: a autoridade é mesmo um fardo.
CITONHO	(*Rindo fino.*) O Doutor saiu foi azougado. Mas quem manda dar o disparo maior do que o cano? Desde menino que eu ouço este ditado: "Quem não pode com o pote não pegue na rodilha".
TEN. GUEDES	Você não tem sentimento. Depois de tudo isso, ainda tem coragem de achar graça?
CITONHO	Eu posso deixar de me rir com uma coisa dessa, Tenente? Na noite do casamento, em vez de mulher, o sujeito encontrar na cama uma gaiola aberta com o passarinho solto?
TEN. GUEDES	Escute, por falar em casamento, que história é essa do Heliodoro?
CITONHO	(*Como se não ouvisse bem.*) De quem?

TEN. GUEDES	Não se faça de mouco, senhor. De Heliodoro. Que negócio é esse do casamento dele?
CITONHO	Que casamento? Não sei disso, não.
TEN. GUEDES	Não sabe o quê? Deixe de ser sem-vergonha. Que história é essa do frade? Que presepada foi aquela?
CITONHO	Não estou dizendo que não sei de nada, Tenente? (*Nesse ínterim, com o auxílio da vassoura, Testa-Seca, disfarçadamente, consegue alcançar o revólver e, com um movimento rápido, puxa-o para si e o empunha.*)
TESTA-SECA	(*Grita.*) Aaaah! Todos dois com as asas pra cima. Braço pra cima. Logo!
TEN. GUEDES	(*Com voz fraca.*) Que é isso, Testa-Seca?
TESTA-SECA	É isso mesmo. Vamos, seu velhinho safado. Abra logo essa tiborna, se não quer uma bala na barriga.
CITONHO	Como é, Tenente?
PARAÍBA	Vamos depressa, velho. Solte a gente.
TÃOZINHO	(*Entrando com uma cestinha de ovos na mão.*) Dá licença. (*Notando a atitude de Citonho e do Tenente.*) Que negócio é esse? Voincês estão com medo que o telhado caia?
TEN. GUEDES	(*Mostrando os presos com um movimento de cabeça.*) Olhe o telhado aí.
TÃOZINHO	Ah! Que coisa!
TESTA-SECA	Vamos logo, seu Citonho. Abra essa porta.
CITONHO	Você tanto veio aqui, Tãozinho, que terminou se enrascando. Olhe o que ele fez com o outro, que chegou aqui antes de você.
TESTA-SECA	O quê? Que velho mentiroso! Só é o que eu encontro nesta vida.
TÃOZINHO	(*Vendo o cadáver.*) Ih! Minha gente. Mortinho

PARAÍBA	da silva. Mas comigo não tem esse negócio, não. Francisquinha do Antão fechou meu corpo pra tiro, facada e mordida de cobra.
PARAÍBA	(*Encolerizado.*) O que é que você quer, seu besta? Isso é hora? Vê se ele tem o corpo fechado, Testa-Seca.
TÃOZINHO	Pode queimar. (*Testa-Seca atira.*) Eu não disse? É besteira. Faca, arma de fogo e cobra peçonhenta eu nem ligo.
PARAÍBA	Meta bala de novo nesse cabra. (*Testa-Seca atira.*)
TÃOZINHO	Que homem teimoso danado. Agora, quer ver uma coisa? (*Aponta o Tenente.*) Atira nele pra ver.
TEN. GUEDES	Em mim? Não! (*Testa-Seca atira duas vezes. O Tenente, espantado, olha para o próprio corpo à procura dos ferimentos.*)
TESTA-SECA	(*Num lampejo de inteligência.*) Paraíba! É tiro de festim. Como é que pode ser? Olha! (*Atira em Paraíba, que cai morto.*) Paraíba, Paraíba. Tu vai morrer, Paraíba. Diz logo onde é que está o ouro. Tu não falaste sonhando, não, foi mentira minha. Para! (*Volta-se para os outros como quem não entende.*)
TEN. GUEDES	(*A Tãozinho.*) Está vendo? É assim, quer matar todo mundo. (*Apontando Vela de Libra.*) Matou esse pobre homem, queria nos matar, matou o companheiro.
TÃOZINHO	É uma onça.
TESTA-SECA	Miseráveis! Mentirosos! (*Joga a arma no chão, raivoso.*)
TÃOZINHO	E malcriado que é? (*Entram Heliodoro e os soldados.*)
JABORANDI	Mas é bom que é danado atirar de fuzil.
HELIODORO	Que tiroteio foi um?

TÃOZINHO	Virgem Maria! Quanto homem de espingarda! Parece uma praça de guerra. Voincês andaram caçando coruja?
HELIODORO	Caçando o quê? Está brincando com a polícia?
TÃOZINHO	Minha Nossa Senhora me defenda.
TEN. GUEDES	Heliodoro, preste atenção no serviço. Veja o que aconteceu: esse cabra atirando aqui na gente. Matou esse rapaz e acabou atirando no Paraíba. Tãozinho foi testemunha.
TÃOZINHO	Fui.
JUVENAL	Eita! Agora, são dois corpos do delito!
JABORANDI	Tenente! O senhor me desculpe, mas essas duas mortes de maneira nenhuma podem ter acontecido.
TEN. GUEDES	Podem não. Pergunte aos defuntos, se não podem. Eu sou mentiroso, praça?
JABORANDI	Não, mas meu revólver...
TEN. GUEDES	Que é que tem?
JABORANDI	Só tinha mesmo uma bala de verdade. O resto, era tiro de festim. Assim, como é que podem ter morrido Frederico Evandro e Paraíba?
TEN. GUEDES	O que é que você está dizendo? (*Citonho vai examinar Frederico Evandro.*) Só havia uma bala no revólver?
JABORANDI	Se o espírito não me engana e o coração não me mente, só.
TEN. GUEDES	Então, Citonho?
CITONHO	Tenente! O brabo morreu de susto! E de susto feito por mulher! Não tem bala nenhuma no couro dele!
TEN. GUEDES	É mesmo? Citonho, você é grande. Pessoal, a pátria está salva. Deu tudo certo.
TÃOZINHO	Menos para os delfinos.

TESTA-SECA — E eu?
TEN. GUEDES — Processado outra vez. Você, Tãozinho, vai servir de testemunha. Mas me diga uma coisa: que é que você está fazendo aqui?
TÃOZINHO — Amanhã de manhã não tem feira em São João dos Pombos? Vou pegar o ônibus agora mesmo. De passagem, vinha deixar esses ovos que Francisquinha mandou.
TEN. GUEDES — Pra mim?
TÃOZINHO — Não. Pro inteligente, aquele que morava aqui.
TEN. GUEDES — Ah!
TÃOZINHO — Cadê ele?
TEN. GUEDES — Mudou-se. Mas você, querendo, pode deixar os ovos aqui para o ignorante.
TÃOZINHO — Se voincê assim acha, que é que eu vou fazer? (*Entrega a cesta ao Tenente.*) E agora, vou chegando. Capaz de perder o ônibus. Adeus, minha gente. (*Sai.*)
TEN. GUEDES — Então? A coisa está melhorando. Do jeito que eu gosto de ovos!
CITONHO — Tenente, me arranje uns dois, pra eu fazer uma fritada amanhã.
TEN. GUEDES — Já começou. O sujeito melhorou de sorte, principia logo a exploração. Em todo caso, vá lá essa furada. (*Dá dois ovos a Citonho.*)
HELIODORO — Citonho agora ficou inteiro.
CITONHO — Que é isso, Heliodoro? Respeite a velhice!
TEN. GUEDES — Meus senhores! Apesar dos pesares, vou dormir sossegado. Nada como um dia atrás do outro. Porque um dia é da caça, outro da pesca. Viram como dominei toda a situação? A autoridade é um fardo, mas o negócio é a gente não esmorecer. Andar na linha e nunca se

	trocar com que não presta. É como diz a história: dize-me com quem andas e eu dir-te-ei quem te acompanha. Heliodoro, vá chamar o médico para atestar a morte natural daquele cidadão e o frio assassinato do pobre Paraíba. (*Heliodoro sai.*)
TESTA-SECA	Pobre!... Pobre de mim, que atirei no que quis e matei o que não quis. E agora vou mas é mofar na chave.
TEN. GUEDES	Bem feito! É bom que mofe mesmo. Vocês, fiquem aí velando esses dois féretros. Eu vou, pessoalmente, encomendar os caixões.
TESTA-SECA	E esse defunto, não vai tirar daqui, não é?
TEN. GUEDES	Por enquanto, continua preso. A lei é dura, mas é lei, meu filho. (*Sai.*)
CITONHO	Mas não é que tudo terminou bem? Quem diria?...
JABORANDI	E você falava que essas coisas todas não sucedem. Foi cada episódio, que nem fita de série.
CITONHO	Sendo que aqui ainda há duas vantagens. Você não precisa de sair para tocar silêncio nem de voltar na próxima semana. Mas vamos deixar de brinquedo e rezar por esses dois finados.
JABORANDI	Você querendo, Citonho, a gente reza. Mas penso que não vai adiantar nada.
CITONHO	Bem... Eu também acho. Mas quem é neste mundo, Jaborandi, que pode lá julgar seu semelhante?

FIM

Posfácio

Osman Lins participou da vida literária e cultural do Brasil entre 1955, quando publicou seu primeiro romance, *O visitante*, até sua morte, em 8 de julho de 1978. Autor de uma obra vasta e variada (contos, romances, novelas, peças de teatro, livros de viagem, poesias, casos especiais para a televisão, ensaios e artigos), este pernambucano de Vitória de Santo Antão sempre deixou claro que a menina de seus olhos era a ficção narrativa.

De fato, contos e romances foram objeto de extrema dedicação, imune a concessões que garantiriam a Osman Lins sucesso de público, mas que o desviariam de seu projeto literário, direcionado pela ideia de encontrar uma forma específica para dar conta da visão de mundo a que chegara em sua maturidade. Visão expressa literariamente a partir de *Nove, novena* (1966).

Além do romance inaugural, antecederam esse livro composto por nove narrativas *Os gestos* (contos, 1957) e *O fiel e a pedra* (romance, 1961). Todos gravitam em torno da narrativa tradicional e demonstram um feliz domínio de fusão de técnica e estilo, regado por frases com ritmos adequados, por palavras exatas, por acertadas e belas imagens.

Os mesmos tipos de personagens de seus primeiros livros (velhos, doentes, crianças, adolescentes, mulheres em situações prosaicas da vida, em geral em solo nordestino) se mantêm ao longo de sua obra num registro lírico de literatura introspectiva, marcada pela solidão, mas também impregnada de problemática de ordem social, às vezes com sutileza, outras, com tintas mais fortes. *Nove, novena* e os romances *Avalovara* (1973) e *Rainha dos cárceres da Grécia* (1976) se diferenciam, no entanto, de seus primeiros livros pela quebra da ilusão da realidade com a rarefação e a dispersão do enredo por novos processos de composição do personagem e por alta dose de reflexão sobre o romance, o que lhes permite representar um "momento de decisiva modernidade"[1] na Literatura Brasileira dos anos de 1970. A fidelidade de Osman Lins à busca de uma expressão própria na ficção, decorrente de uma recusa à cômoda retomada do já conquistado e de uma fé inabalável no poder criador da palavra, foi reconhecida e admirada pela crítica brasileira e estrangeira, com raras exceções. No entanto, ele é um autor ainda pouco difundido.

O reaparecimento desta obra é especial porque permite ao público entrar em contato com o texto, no registro dramático, de um autor meticuloso no uso da palavra e na arquitetura da peça. Além disso, revela um aspecto decisivo de sua personalidade literária e cultural no sentido de procurar dar o melhor de si, mesmo na esfera que, a rigor, não é a de sua preferência. Consciente e cioso de seu ofício com a palavra, tudo o que dispõe para seus leitores é fruto de um período de preparação.

Para escrever *Lisbela e o prisioneiro*, Osman Lins não demorou dez anos de exercício constante até atingir a configuração harmoniosa como ocorrera com seu livro de contos, *Os gestos*. Ao contrário, iniciou-a em 25 de julho e a concluiu em 9 de setembro de 1960, tendo se dedicado às modificações que lhe pareceram necessárias nos dias restantes do referido mês, conforme seu depoimento publicado no programa distribuído

---

[1] Termos de Antonio Candido no prefácio da obra *Avalovara*.

por ocasião da primeira temporada de encenação da peça pela Companhia Tônia-Celi-Autran (CTCA), no Teatro Mesbla, no Rio de Janeiro, em 1961.

No entanto, *Lisbela e o prisioneiro* é fruto de um meticuloso trabalho preparatório, pois Osman Lins já tinha obtido menção honrosa no I Concurso Nacional da Companhia Tônia-Celi-Autran, com a peça *O vale sem sol*, em 1958. Insatisfeito com sua incursão como dramaturgo, considerando-a deficiente, matricula-se nesse mesmo ano no curso de Dramaturgia da Escola de Belas-Artes de Recife, onde vem a ser aluno de Joel Pontes, de Hermilo Borba Filho e de Ariano Suassuna. Em uma entrevista, Osman Lins mencionará este último como professor da disciplina de *playwriter*, que teria exercido uma possível influência sobre ele no que diz respeito às normas de composição de *Lisbela e o prisioneiro*.

Ao concluir o curso, em 1959, escreve um drama em três atos, *Os animais enjaulados*. No ano anterior, solicitado por uma de suas filhas, compusera num só dia um auto de Natal, *O cão do segundo livro*, em dois atos. Depois desse paciente exercício, assumido com humildade (Osman Lins já tinha publicado dois livros de ficção, reconhecidos e premiados, quando se tornou aluno do curso de Dramaturgia), o obstinado escritor pernambucano obteve o primeiro lugar de comédia no II Concurso Nacional da Companhia Tônia-Celi-Autran.

Outras peças serão ainda escritas por Osman Lins: *Guerra do cansa-cavalo* (prêmio Anchieta, 1965; encenada em 1971 na inauguração do Teatro Municipal de Santo André); a peça infantil *Capa verde e o Natal* (prêmio Narizinho da Comissão Estadual de Teatro, 1965); *Mistério das figuras de barro* (dirigida pelo autor e encenada pelos alunos da Faculdade de Marília, em 1974); *Santa, automóvel e soldado* (coleção de três peças, publicadas em 1975); *Romance dos soldados de Herodes* (encenada no Rio Grande do Sul e em São Paulo, em 1977).

Lisbela e o prisioneiro foi sua primeira peça a ser encenada com retumbante sucesso. E com certeza é a que até hoje teve mais alcance de público. Se muito da fama de uma peça deve ser creditado ao trabalho de direção, ao desempenho dos atores, à cenografia, ao figurino, à iluminação, ao som; outro tanto pelo menos também deve ser atribuído ao texto do dramaturgo.

No caso específico desta peça, adensa-se a função do texto porque se inscreve no ideário do teatro tradicional, sob a pena de um autor obsessivo com a arquitetura da história e com a atenção à palavra. Desse modo, trata-se de uma peça que também pode ser lida com prazer tanto pelo leitor que se contenta apenas com o divertimento como por aquele mais exigente, que busca além da fruição incursões em diferentes níveis de significação que a obra lhe oferece.

Lisbela e o prisioneiro é uma comédia de caracteres, embora as ações desenvolvidas na cadeia de Vitória de Santo Antão desempenhem uma função considerável na sua estrutura tradicional, com exposição, desenvolvimento, falso clímax, clímax, desfecho de situações vivenciadas por personagens nordestinos muito bem amarrados.

Lisbela é a filha do Tenente Guedes, delegado da Cadeia de Santo Antão, e o prisioneiro, o funâmbulo Leléu, é um Don Juan nordestino. Esses dois personagens, presentes no título da peça, formam o par amoroso anticonvencional, assumindo riscos em nome de sentimentos intensos. Lisbela foge com Leléu no dia de seu casamento com Dr. Noêmio, advogado vegetariano, por isso mesmo personagem destoante do meio em que se encontra, prestando-se a alvo de muitas tiradas cômicas. Ao marido, doutor, representante do estabelecido e da segurança, a jovem prefere Leléu, o artista de circo preso, com tudo o que ele significa de risco e subversão dos valores vigentes em seu meio.

A peça é dominada pela presença de personagens masculinos. Além dos já referidos, atuam na cadeia de Vitória de Santo

Antão Jaborandi, soldado e corneteiro, afeiçoado a fitas em série; Testa-Seca e Paraíba, outros presos; Juvenal, outro soldado; Heliodoro, cabo de destacamento, casado, já com certa idade, apaixonado por uma jovem, que chega a forjar um falso casamento para possuí-la; Tãozinho, vendedor ambulante de pássaros, que rouba a mulher de Raimundinho; Frederico, assassino profissional, à procura de Leléu, que deflorou sua irmã Inaura, e que por ele é salvo de um ataque de boi; Lapiau, artista de circo, amigo de Leléu, que participa da farsa de casamento de Heliodoro com a jovem; Citonho, o velho carcereiro, esperto e dinâmico, cúmplice, no final, de Lisbela e de Leléu, e mais dois soldados, personagens mudos.

Lisbela, a única filha do Tenente Guedes, é também a única mulher que atua em cena; as outras são apenas mencionadas nos diálogos. E atua com força, porque enfrenta a autoridade patriarcal, representada pelo pai e pelo noivo, ao tomar iniciativa para colaborar com a fuga de Leléu da prisão e a se dispor a abandonar o marido no dia de seu casamento para aventurar-se na vida com o equilibrista. Como se não bastasse, é ela quem livra Leléu da morte ao atirar em Frederico, o assassino profissional, quando este lhe apontava a arma, pouco antes do desfecho da peça. Torna-se, pois, criminosa, criando uma situação embaraçosa para o pai. Para livrar a própria filha da cadeia, este usará expedientes comprometedores para a lisura de uma autoridade, com o fito de embaralhar ou ocultar a autoria do crime. Por suas ações, Lisbela não apenas renega os mesquinhos valores, mas também expõe as fraturas da sociedade patriarcal.

O gênero comédia aliado ao perfil anticonvencional da dupla protagonista foi muito bem escolhido por Osman Lins para pôr em cena, no contexto de uma região de valentias, de sentimentos exaltados, de honra e vinganças, um crime inesperado, porque cometido pela jovem Lisbela. Inesperado, mas plenamente justificado.

Atitudes que causam surpresa também compõem Leléu, que nada tem de prisioneiro nos valores estabelecidos, garantidores de acomodada segurança, mas negadores da "flama da vida". Volúvel nos amores, experimentador de várias profissões, portador de diferentes identidades, afeiçoado a riscos e deslocamentos, o circence Leléu, que tanto quer e tanto faz para sair das grades da cadeia de Vitória de Santo Antão, não hesita em a ela retornar, só para ficar próximo de Lisbela, quando fracassa o plano de fuga dos dois. O paradoxal retorno à prisão é mais um movimento desse personagem para a libertação das amarras de valores que lhe são menores do que os impulsos da vida. Ele vive sempre com fervor seu minuto de aflição ou de alegria, como bem acentuou o próprio Osman Lins ao apontar para o efeito contaminador de sua "flama" no programa da primeira temporada desta comédia: Leléu acende, mesmo na cadeia, as apagadas chamas de Lisbela e desperta em Citonho, o velho carcereiro, o herói escondido.

Aliás, esse personagem é um daqueles que mais se destacam na peça e atraem a atenção e a conivência do leitor, porque de velho caduco e fraco, propício a gozações dos mais jovens e fortes, ele não tem nada. Com maestria, Osman Lins desvela no personagem octogenário, enfraquecido, em tese, pela faixa etária e pela categoria da função exercida, a mais desqualificada do contexto da peça, sua perspicácia, lucidez, força e coragem. O velho solitário considerado caduco pelo Tenente Guedes é o que, de todos os seus submissos, o enfrenta mais: toma partido de Lisbela e de Leléu em prol do amor libertário, com todos os seus riscos, e age com esperteza para proteger a jovem da autoria de seu crime. Enfim, do velho também emanam vida e movimento.

Essa poética do avesso contribui ainda para relativizar o lado antipático do Tenente Guedes, representante da polícia. Apesar de suas atitudes condenáveis, como os desmandos, a prepotência, a conivência com o crime (presentes até hoje na polícia), o delegado, como bem observou um crítico, mostra-se humano quase todo o tempo. Por causa de sua função, não consegue se desvencilhar do "encarceramento profissional" e se vê obrigado a tomar atitudes contrárias a seu temperamento. Eis um dos motivos pelos quais está sempre a afirmar que "a autoridade é um fardo", frase com efeitos cômicos, de acordo com as situações nas quais é proferida. No fundo, o Tenente Guedes é mais prisioneiro de sua profissão que todos os seus subalternos.

Dentre estes, merece menção especial o soldado e corneteiro Jaborandi, que vive fugindo do local de trabalho para assistir a fitas em série no cinematógrafo, interrompendo seus momentos de fantasia na hora em que tem de tocar a corneta. Em meio a idas e vindas, ele vive entre o sonho e a realidade, mas uma realidade na qual sua função, tocar corneta, é desprovida de sentido consequente, a não ser o de acentuar a sua falta de sentido naquele contexto: para que tocar corneta numa prisão? No mínimo, tais cenas provocam o riso, cumprindo sua função na comédia, e abrem brechas para o próprio Jaborandi e outros personagens estabelecerem ligação entre as estruturas das fitas em série (filmes de bandido e mocinho) e os episódios da comédia, além de interiorizarem na própria peça alusões às relações entre a vida e a fantasia.

Por mais despretensioso que tenha sido Osman Lins na composição simples e direta desta comédia, quando estava ainda na fase da busca de caminhos próprios para sua ficção e para seu teatro, como ele mesmo afirmou em entrevista concedida em 1961, o fato é que *Lisbela e o prisioneiro* é uma peça de um autor seguro, engenhoso e talentoso, que tem muito ainda a dizer nos nossos dias, desde o que se refere aos desmandos e à conivência da polícia com o crime até questões de ordem existencial.

O regionalismo de *Lisbela e o prisioneiro*, fundado no aproveitamento de incidentes testemunhados por amigos, por familiares e por Osman Lins, bem como apoiado na transposição de ditados, expressões populares e dísticos encontrados em para-choques de caminhões, é transfigurado sob a pena de seu autor. Matéria e linguagem reelaboradas tecem esta peça, regada por uma equilibrada dosagem de leveza, comicidade e ternura, e assentada em valores libertários em prol da vida, o que lhe abre as portas para outros tempos e outros espaços.

São Paulo, junho de 2003.
Sandra Nitrini

OSMAN LINS nasceu em Vitória de Santo Antão (PE) em 1924. Sempre envolvido com as artes nas suas mais variadas formas, foi jornalista, dramaturgo e escritor. Morreu em 1978, deixando uma vasta obra literária.

Lisbela e o prisioneiro foi sua primeira peça encenada, obtendo sucesso de público e de crítica. Em 2003, o texto foi roteirizado e transformado em um filme que se tornou um fenômeno no mercado cinematográfico brasileiro.

O reaparecimento de *Lisbela e o prisioneiro* permite ao público entrar em contato com o texto, no registro dramático, de um autor meticuloso no uso da palavra e na arquitetura da peça.

Lisbela e o prisioneiro foi a primeira peça de Osman Lins a ser encenada com retumbante sucesso. E com certeza é a que até hoje teve mais alcance de público. Se muito da fama de uma peça deve ser creditada ao trabalho de direção, ao desempenho dos atores, à cenografia, ao figurino, à iluminação, ao som; outro tanto deve ser atribuído ao texto do dramaturgo.

Editora Planeta | **20**
Brasil | ANOS

Acreditamos nos livros

Este livro foi composto em Utopia Std
e impresso pela Geográfica para a
Editora Planeta do Brasil em março de 2023.